JN100492

続　家族のあしあと

ニワトリの三つのタマゴ

海の近くの町は朝が早い。半農半漁の家が多いので、仕事の性格上、なにもかも早く動きだしてしまうのだろう。

早朝起きだしてそそくさと畑仕事にいく者、海での仕事に出ていく者、家のまわりの掃除をはじめる者。その家の事情によって様々だったけれど、その人たちよりももっと早くに起きていてそういう働き者を期待を持ってじっと待っているのは例外なく犬やネコであった。いやそれよりもずっと前に「みんなとっとと起きろ起きろ」と大声で促しているのは、町のあちこちで飼われているニワトリたちのけたたましい鳴き声だった。

その夏の初めの頃にぼくの家もニワトリを飼いだした。

海の漁師小屋に戻ってきたつぐも叔父《おじ》がつがいのニワトリをドンゴロスの袋にいれ、自転車の荷台箱にくくりつけて持ってきた。

ニワトリを飼う、ということは母とつぐも叔父のあいだでとうに話ができていたらしく、数日前に、まず最初につぐも叔父が家の裏手に置いてあるありあわせの廃材をつかって器用に、しかしたいへんに質素なニワトリ小屋をこしらえた。当然のようにぼくもその手伝いをしたが、つぐも叔父はいつのまにか本職の大工さんのような腕になっていた。

また漁師小屋に住むようになったつぐも叔父は、その浜でやはり同じような生活をしている人に出会って漁師小屋住まいの先輩としてなにかと世話をやいたりしているうちに、こんどは「みかえり」のようにその人から本格的な大工仕事の技術をおしえてもらっていたらしい。

家の板壁を小屋の背に利用して、まずはそこに小屋の輪郭を木枠でつくり、次にありあわせの廃材を何本か斜めに立てかけ、横長の三角形の骨格をつくる。頑丈にするために最初の骨格となるそれらの角材はいくつかの「すじかい」によってよりしっかり固定されていくのが、以前のつぐも叔父の技術からするとずっと高度になっている。

それから高さの違う棒を二段にして左右いっぱいに打ちつける。

「ニワトリがひまんときにこん横の棒にとまってコケコッコーと鳴きやすくするための大事なものじゃけん」

淀《よど》みなくそういう仕事をしながらつぐも叔父はその作業を全身で楽しんでいるように見え

た。ぼくはつぐも叔父に言われるままになんでもすぐ動けるように油断なく構え、いろんな手伝いをしていた。

そのまわりを当然のように犬のジョンとネコのハチが「なんですか？　なんですか？」というように遠巻きに見物している。

一番難しいのはその変形三角形の小屋全体にまんべんなくカナアミを張っていくことだった。カナアミは二メートルほどの長さごとに丸められており、それを効率よく全体に張っていく。ひとまきのそれをぐるっと全体に張りつけていければ話は簡単なのだが、そうそううまくはいかない。平面の面積にあわせて金切り鋏《ばさみ》でうまいぐあいに切っていかねばならなかった。

はじめてのことだから、最初はちょっと戸惑ったがやがてつぐも叔父との連繫《れんけい》作業のリズムがあい、さして誤差のない寸法で小屋に張りつけていけるようになった。

難しいのはその三角形の小屋の横位置に餌をいれたりニワトリを出入りさせる、やはり網戸式の出入口を作ることだった。

蝶《ちょう》つがいの代用としてありあわせの革の切れ端を使うことになった。そうすれば金物の蝶つがいよりも中にいるニワトリに安全らしかった。

あまり休み時間などとらなかったのでどんどん作業は進み、かなり自慢できそうなニワトリ小屋がじきに完成した。最後の作業はてっぺんに波形トタンの屋根をつけることだった。犬のジョンもネコのハチも相変わらず「なんですか？　なんですか？」という好奇心を剝《む》き出しにして眺め続けていたが、たぶんかれらはまるでよくわからないまま、その日の午前中の「大作業」をやや用心深くも一部始終見物し、それなりに満足しているようだった。驚いたのは、翌日の早朝、早くもけたたましくカン高い声でニワトリがコケコッコー！　と何度も鳴きさけんでいたことだった。

当然ながらわが家の全員はみんな起きてしまった。といっても今は父も姉もいないし、すぐ上の次兄のタカシはどこで暮らしているのかこのところ殆《ほとん》ど音沙汰がない。だからそのにわかな鳴き声にびっくりして起きたのは母と長兄の文彦《ふみひこ》とぼくと弟の裕《ひろし》だった。

ニワトリはそんなふうに一度「朝ですよー」というように大声の挨拶をするとあとはおとなしくしているものかと思ったら、それをかわきりにかなり正確な間隔でもって鳴き続けるのだった。

八月はつぐも叔父関係でずいぶんいろいろな変化があった。その最大のものは庭の西側の隅に建てられている四畳半程度の貸家につぐも叔父が引っ越してくることが決まったことだった。貸家は二軒並んでいたが、最初に入居したひとが家賃を滞納して家具からなにからすっかり置いたままいなくなってしまったのだ。家具つきであらたに誰かに貸すというわけにもいかず、さりとて家具などを勝手に始末することもできず、曖昧にそのままほうっておくうちにいつのまにか母屋《おもや》でいらない物を突っ込んでおく物置部屋のようになってしまった。

そこに入れてあるものの中には父が大事にしていた古くて重い本の入った木箱などもあり、それらを母屋からそこに運びこんだことによって母屋のスペースがずいぶんあいた。

そうしてもう一軒のまだちゃんと住める家作のほうにつぐも叔父が越してくることになったのだ。それはぼくなどが知らないうちに母と長兄とつぐも叔父の三人でそうすることに決めたようであった。

なにかと頼もしいつぐも叔父がほぼ実質的にわが家の一員になって庭の家作に住んでくれる、ということは嬉《うれ》しいニュースだったし、それに加えてつぐも叔父の長男も一緒にやってくることになったのだからますます楽しい気持ちだった。名前は賢三《けんぞう》君で、ぼくと同じ歳《とし》。これまで何度も会ったことがあるが、つぐも叔父と離縁した母親（つぐも叔父の妻）のこともあって親戚なのにそれほど親しくする間もなくすぐに母親のところに連れ返されてしまう、という、そっちのほうも複雑な家族関係になっていた。

賢三君は、四街道《よつかいどう》というところの母親方の家に母親と二人で暮らしており、経済的には常に困窮しているようだった。

さしてきっちりした定職につかず殆ど日雇い仕事を続けていたつぐも叔父は妻方の家によりつくこともできず、しかたなく疎遠にしているうちに妻方から離縁の話が本格的になされたらしい。

つぐも叔父はぼくの母親からは「甲斐性《かいしょう》なし」としばしば怒られ、妻方のとくに両親から、そのまま曖昧に生活していてもラチがあかないから別れるように、とさんざん言われていたらしい。

もっともぼくがそういうつぐも叔父のさまざまな苦境の背景を聞いたのはそれから数年経《た》ってからのことで、その頃はつぐも叔父が賢三君を連れてわが家の庭に移り住んでくる、ということだけで単純に喜んでいたのだった。

しかもそうした急激な変化がおきたのはぼくの父が亡くなってからのことだった。つぐも叔父は長兄や母とどういう条件で賃貸の相談をしたのか、ということもぼくは知らないままだった。もっともくわしく説明されてもよくはわからなかっただろうけれど。

せいぜい長くて十日ぐらいの日雇い仕事をあちこちで続けていたつぐも叔父は、たぶん親子ともにまったくの居候としてぼくの家の狭い家作に住み着くことになったのだろうということは予想できる。そうして父や姉がいなくなってしまったこの家が再び新しい顔ぶれで賑《にぎ》わうことになったのは何はともあれぼくには嬉しい話だった。

賢三君は小柄で痩せていた。それまで何度か会っていたのだが、いつも賢三君の母親が何を用心していたのかその周辺にいて、ぼくたち同世代の子供らが好きなように遊ぶのをじっと監視しているようなところがあった。

つぐも叔父と二人でやってきた賢三君は少し成長した、ということもあったからだろう。それに母親がそばにいない、ということが賢三君の何かを解放していたのか、最初はややぎこちなかったものの、やがていろんな話や遊びに参加してくるようになった。

その頃はぼくの弟裕も一年生になって、いろいろいっぱしの口をきくようになっていたので、ぼくたちの毎日はその夏からいろいろ新しい風景がひろがっていくような気がした。

問題とはいえないまでも、まあちょっとだけつぐも叔父が心配していたことがあった。それは賢三君に軽い吃音《きつおん》があったのだ。ぼくたちはさして気にかけないで普通に賢三君と話をしていたが、何かに驚いたり興奮したりすると吃音があるからなのかは判然とはしないけれど賢三君はまったく黙りこくってしまい、周辺にいる人にいささかの不安と驚きを与えていたらしい。

「二〜三歳でいろいろ言葉喋《しゃべ》るごとになってしばらくは小さかこつまでうるさくいう子供やったが、あることでいきなりいまのごと喋るのが不自由になってしもうて……」

そのことについてつぐも叔父はかなり早くにぼくにもわかるような説明をしてくれたこと

がある。

つぐも叔父一家が住んでいた四街道の家はやはり貸家で、つぐも叔父も賢三君の母親もその頃はときおり舞い込んでくる日雇い仕事にそれぞれでかけていたらしい。賢三君が小学校低学年の頃だった。日雇い仕事は夫婦別々のことが多かったから両親の一方が残っているようにしていたが、あるとき両親が朝から仕事に出るときがあった。その頃、彼らの住んでいる家には電気がなく、夜は石油ランプの下で暮らしていた。そのほかにもローソクをつかっていたが、危ないので賢三君にはランプはもちろんローソクやマッチも与えないようにしていた。

その日は、偶然、両親の日雇い仕事が長引いてしまった。暗くなる前に互いにどちらかが早く帰るだろう、と思っていたがそうはいかなかった。彼らの住んでいた家は湿った木立に隣接していて夕方がくるのが普通より早く感じられたそうだ。

幼いながらも賢三君は台所の引き出しなどあれこれあけて、やがてローソクとマッチを探しだした。部屋の中は暗く、つぐも叔父が言うには大人でも一人でいると気の滅《め》入《い》るような家だったという。

賢三君は押し入れの中にもぐり込むとローソクの灯も明るく感じるのを知っていた。そのあかりの中で本を読んでいるうちに賢三君はついつい居眠りをしてしまったらしい。

ローソクの灯が布団などに燃えうつり煙をあげだした頃に運よくつぐも叔父が帰ってきたのだった。

賢三君は多少呼吸器系を損傷したらしいがさしたる火傷《やけど》もせずに救出された。でもその貸家は全焼したのだった。

「賢三の口のあけかたやら喋りかたが変わってしもうたのはこん事件があってからたい」

つぐも叔父の恐ろしい話はそこまでだった。賢三君は目がくりっとして顎がすこしとんがり、ぼっちゃん刈りとも違うオカッパ頭のような髪型をしていた。それはサカサマにするとドングリか椎《しい》の実のヘタのように見えた。

ぼくは賢三君の吃音とそのオカッパ頭が気になり、学校ではなんでもヒトと変わった風体だとたちまち「いじめ」のような対象になるから、少なくとも坊主頭にしておいたほうがいいよ、とつぐも叔父に言った。つぐも叔父は「そうか転校生だといろいろ目につくんだろな」とすぐに理解をしめし、賢三君に床屋に行って坊主頭に刈り込んでこいよ、と言った。でも驚いたことに賢三君は首を横に振った。かなり真剣な顔の拒否だった。

「なんでとうちゃんの言うことが聞けんとや」

つぐも叔父は少しびっくりした顔になっていた。でもそれ以上強引に同じことを言うようなことはしなかった。

ニワトリは当初聞いていたつがいの二羽だけでなく間もなくもう一組の雄と雌が追加された。つぐも叔父は、日雇い仕事に出ているときにもうじき閉鎖する養鶏場の経営者から貰《もら》ってきたものだと言った。二種類いて、いろんな野生の色彩がまじったような小柄なニワトリはびっくりするほど威勢がよかった。

「チャボかと思うとったらそげんじゃなく、そんなことならこげんな小屋にいれんで庭に放しとったほうがよっぽど殻の固いタマゴをよく産むけん」

ニワトリの餌の世話は、思っていたとおりぼくの役になった。飼料屋にはニワトリだけじゃなくほかの観賞用の鳥だとかウサギやウズラなどの餌も売っていて、ぼくはそこから五キロのフスマを買ってくる。ときどきオカラも追加した。それに自分でとってきた野の草や餌屋におしえてもらったでんぷん粉や屑麦《くずむぎ》などをまぜる。これをつぐも叔父がトタンで作った底がVの字の形をした細長い餌箱にいれ、その隣にある華道のときに使うらしい半分壊れた平皿に水をいれる。餌をいれると四羽はいっせいにとびついてきてガツガツ音をさせてそれらを食べた。

なぜかこのニワトリの餌やりにジョンはあまり関心をみせず、ネコのハチのほうが興味を持っていたようだ。といってもいつもぼくの隣に半腰になってこわごわ見ている程度だ。

「これであと二週間もすりゃよかタマゴが並んどるばい」

その様子をときおり別の方向から見ているつぐも叔父が確信に満ちた声で言った。

つぐも叔父が同居するようになったもうひとつ大きな目的は母がひそかに考えていた自活のための作戦だということがやがてわかってきた。父のところに来る前に母が日本舞踊をやっていた、ということは母のアルバムなどを見て知っていたが、父の死後、自活するための道として、誰も想像もしなかった大層な作戦を企てていたのだった。

「日本舞踊の教室をひらくことにするわ」

あるとき母は相談というよりも報告、というかんじで長兄にそう言ったのだ。もとより今のこの家では兄よりも母のほうがなにかのときの決定権を握っていた。しかしそれは命令するといったようなものではなく、あくまでも性格のおとなしい長兄の人柄も関係していたのだろう。

母はその家で一番大きい客間と、それに隣接した寝室をつかって十二畳ほどの細長い部屋の間取りをおおざっぱな図に描いた。ふたつの部屋をひとつにつなげたのだ。

寝室は父がよく臥《ふ》せっていた部屋で、次兄のタカシの使っていた部屋でもあった。客間はもともと畳敷きだったからそれの畳表を全部新しいものに替えた。

寝室は畳を捨ててあらたに頑丈な石と木の土台を敷いて檜板《ひのきいた》をいちめんに張りめぐらせ

た。それらの改築費用は母にのこされた僅かな遺産から捻出したのだろう。その頃のことはいたずらに質問もしなかったし、もともとぼくにはさして興味はなかった。

底を頑丈にしたあとは檜を削って丁寧に敷いていくことになるらしい。そのこまかい作業はつぐも叔父が一人で全部やることになった。海辺の小屋にいる頃、本格的な大工仕事を習った成果をそんなふうに発揮できるのが嬉しくてたまらないようだった。


賢三君がくわわり、弟の裕がけっこういっぱしにぼくたちの行動についてこられるようになったので、夏休みはその三人でまだカンカン照りになる前や、夕方近くのジョンの散歩のときなど普通よりも遠くにいくようになった。海のほうにいくと潮干狩りや海水浴客で大袈《おおげ》裟《さ》にいえば海が見えないくらいの人だらけになるので、ぼくたちは町の裏手の湿原とそのほぼ真ん中を流れる浜田川《はまだがわ》のほうにいった。

賢三君は小柄だったけれど暑さとか喉の渇きなどに我慢強く、知らない場所にぼくたちと遊びにいけるのが楽しくて仕方がないようだった。

そこは湿原と呼んでいたが本当は休耕田で、葦《あし》や浮き草などが生え放題になっているだけだった。そのため水棲《すいせい》昆虫やドジョウやカンニョッコ（ウナギの稚魚）、アオタ、アカタと呼ぶザリガニなどがたくさんいて、それを狙って脚が長く嘴《くちばし》のとがった鳥がいつも何種類もそのあたりに群れていた。

ぼくたちはスルメとかニボシを持っていってタコ糸にそれをしばり竹棒の先に結びつけてやるザリガニ釣りが一番の目的だった。

「あっ、ザ、ザリガニ。つっ、釣った」

賢三君は生まれてはじめてのザリガニ釣りだと言って興奮していた。顔が直射日光の下で輝いていた。聞いてみると賢三君が暮らしていたところは小山の近くにあって川はだいぶ遠くにいかないと見ることができない、という。そうして学校まで一人でいくのだけれど歩いて三十分はかかったという。

学校の生徒は六学年全部合わせて五十人、というからもしかしたら山の分校のようなところだったのかもしれない。

だからぼくは、九月になるといくことになる小学校は千人ぐらい生徒がいるんだよ、と驚かすように言った。

学校は家からは歩いて十分で、学校のまわりにも遊べる場所がたくさんあることを少々自慢げに話したりした。

夏は楽しいことも悲しいこともまぜこぜになってやってくるようだ。毎日ニワトリのけたたましい鳴き声で早起きさせられながら夏休みを過ごしているうちにいきなり訃報が入った。

母の姉、柏崎《かしわざき》の伯母《おば》さんが入院先の病院で亡くなったのだという。昨年伯父《おじ》さんと一緒にぼくの家にやってきたとき、柏崎の伯母さんはお地蔵さんのような涎《よだれ》かけをして、片手で持った小さな椀《わん》を口の下にあてがい、殆ど何もできず話をすることもできなかった。伯父さんが言うことには薬害らしいのだが、ずっと涎がとまらない症状になってしまったという。でもそれを立証することができないので補償もされずにいる、という。

柏崎の伯母さんが元気なときに一度新潟のその家にいったことがある。伯父さんが郵便局長をしているのでまあそこそこの生活をしており、ぼくと母親の訪問をこころよく迎えてくれた。その家は海岸の近くにあり、少し横道を歩いていくと、角をまがったところでいきなり白い花火がはじけるような大きな飛沫《しぶき》があがり、少し遅れて波濤《はとう》が崖のようなところにぶちあたり腹に轟《とどろ》くような音が聞こえて怖かった。それが、ぼくがはじめて日本海を見たときでもあった。

そのとき母はどんな用件で姉のところにいき、どうしてぼくを一緒に連れていったのか、ということはまるでわからない。

波濤がおしよせた後に枕ほどもある茶色い物体が大量に落ちるのを見た。海からかえってきて伯父さんに聞いたら「それはクジラの肉なんだよ」と教えてくれた。しかしどうしてそこにそんなに沢山のクジラの肉が散らばって落ちていたのかは聞けなかった。そしてそれはわかったとしてもただそれだけの話で永遠の謎になってしまうものだ。子供の頃には本当に毎日いろんな疑問に出会う。でもたいていその殆どは一生わからずじまいで終わってしまうような気がする。

葬儀には母とつぐも叔父がいくことになった。賢三君もぼくたちも留守番になるが、つぐも叔父がいいことを思いついた。わずか二日の旅行なのでその日はつぐも叔父の家に子供たち三人が泊まればいい、という名案なのだった。

親から離れて子供たちだけで庭の中の小さな家に一泊する、というのはなかなかこころ躍る話だった。そういう段取りをつけて母とつぐも叔父はその日の夜行列車で新潟にむかった。その日の夕御飯は母親がにぎりめしを作ってくれていた。それに具沢山の味噌汁《みそしる》だった。

二日目は近所に住む母親の知り合いのおばさんが何か作ってくれることになっていた。

長兄は夕御飯の時間になってもまだ戻らず、子供たちだけの夕食になって、それもまた不思議にこころ躍る時間となった。

夕御飯がすむと家の中は子供たちだけになった。誰もいない広い客間でしばらく方針もルールもない遊びをした。不思議なことにジョンがその日は子供たちしかいない、ということを知っているようで縁の下から庭まで走り出てきてときおり意味ありげに吠《ほ》えた。一緒に遊んでやりたかったが家の中までジョンをあげることはできなかった。

長兄が帰宅したところでぼくたちはつぐも叔父の小さな家に移動した。葬儀のために母とつぐも叔父が夜行で柏崎にいったことを長兄はすでに知っていた。母が長兄の事務所に電話していたのだろう。

つぐも叔父の小さな家にいってもあんまり遅くまで起きているんじゃないぞ、と母屋から出ていくぼくたちに長兄は言った。

つぐも叔父の部屋はまだ荷物がキチンと片づいておらず、布団が部屋の真ん中にたたまれていた。三人で話しあい、それらの布団で要塞のようにまわりを取り囲み、自分たちは畳の上にじかに寝る、というふうにした。なんとなく狭い部屋にちぢこまって寝る、というのがぼくは好きだ。

ぼくたちが母屋から出たと同時にジョンがまとわりついてきたので、入り口のあがりかまちのところまではジョンを入れてやろう、ということになった。

「ジョンはぼくたちの番兵だ」

ぼくが言うと賢三君がまったく楽しそうに笑った。部屋にはけっこう蚊がとびかっていて、鴨居《かもい》のところに完全に四方を網で囲った蚊取り線香がふたつブラさがっていた。

賢三君のむかしのローソク火災事件以来、つぐも叔父はハダカ火にはとにかく用心深くなっていた。

「ああっ、き、きょう面白かった」

賢三君が言った。

「今日、何やったんだっけ」

「て、手伝い」

そうだった。つぐも叔父に言われてぼくと賢三君とで檜板を乾いた雑巾で隅から隅まで丁寧に拭く仕事をしていたのだ。

「そ、それと、お、大きい部屋で遊んだこと」

家具のおいていない八畳の部屋は三人で走り回ってもけっこう広かった。走り回るだけで何をする、ということでもなかったのだけれど。

「ぼ、ぼくが、い、いままで見た部屋でいちばん、お、大きい部屋だった」

「あのとき廊下の先からジョンがうらやましそうに見てた」

裕が言った。自分の名を呼ばれてジョンの片耳がピクッと動くのを見た。

「このうちで一番せまい部屋はどこかな」

「に、ニワトリ小屋」

賢三君がすぐに答え、ぼくたちは三人で笑った。

翌日も早朝からニワトリの声で起こされた。でもしばらく聞いていると眠気のほうが勝ってきてそのけたたましい鳴き声のなかでも眠ることができる。

小便をしたくなってまた空気のひやりとする外に出た。部屋の中にも便所はあったが急づくりの安普請だから外でやったほうが気持ちがいい。

餌や水がどのくらい残っているかそのままニワトリ小屋にいった。人間が近づいていくと四羽はそれぞれにいろんな反応をしめす。

何かを要求（餌に決まっていたが）するようにとまり木に何度も飛び乗ってケコケコ鳴く一番うるさい奴《やつ》はこの頃見分けがつくようになった。そうしてその日、ぼくは素晴らしいものを発見した。つぐも叔父が作ってくれた壊れたお盆の上の藁屑《わらくず》の中に真っ白に輝いているタマゴを発見したのだ。

ぼくの家にやってきて彼らがはじめて産んだタマゴであった。三個産みおとされていた。二つは白く、一つは少し赤っぽい色がついていた。ぼくはつぐも叔父の家の中であっちこっち向いて眠りこけている二人に「おーい。みんな起きろ。ニワトリがタマゴを産んだぞー」と大きな声で言った。

みんなその事態がいつ起きるか気にしていただけにいつも寝起きの悪い弟までもすぐに起

きて目をこすりながらニワトリ小屋へ見にいった。「わあ、本当だ!」

裕が素直に喜んでいる。ぼくと一緒に餌づくりを毎日やっていた賢三君も、

「わ、ほ、本当だ。できたての、た、タマゴだ、ぼくたちが作った、た、タマゴだ」

「違うよ、ここのニワトリが産んだんだよ」裕が生意気なことを言っている。

さっそくぼくがその三つのおそらく産みたてらしいタマゴを慎重に取り出した。まだみんなほんわり温かい。ニワトリたちがその様子をみんなして片目で用心深く見ているような気がした。

どいつが産んだものなのかはまるでわからないが「みんなよくやった」とぼくは言った。

それから「さてこの初のタマゴをどうしようか?」と二人に聞いた。

こういうときつぐも叔父がいれば一番いい方法がわかるのだが。

すると裕が、

「最初のタマゴだから仏さまにあげればいいんじゃない」

なかなかまっとうなことを言った。

「そ、そうだ。それが、い、一番いい、と思う」賢三君が言った。

三人で居間にある仏壇にその三つのタマゴをドンブリにいれてお供えにした。なんとなくみんなで手をあわせる。

そういう一連のぼくらなりの厳粛な行いも知らずにニワトリたちは庭の餌を求めて鳴き叫んでいる。

「タマゴあげたんだから早く朝ごはんをちょうだい」と言っているのだろう。

鉄塔登り

柏崎《かしわざき》の伯母《おば》の葬儀もすみ、あらたに我が家に定着して住むようになったつぐも叔父《おじ》とその長男、賢三君の準家族のような存在は、ぼくの気持ちの奥をなんだかモカモカ奮い立たせてくれるような気がした。

その、なんとも説明の難しい気持ちを一番理解しているのは、もしかすると犬のジョンではないかと思った。賢三君の住んでいる庭の家作のしきいは、地面から十五センチぐらいの土台の上に作った安普請であったから、縁の下をねぐらにしているジョンからすると何時《いつ》行っても自分とさして視線の差もなく賢三君や、つぐも叔父と顔をあわせられる。ジョンからしたら〝なかま〟ができたという気分かもしれなかったからだ。

しかも賢三君は動物や虫など何にたいしても優しく、ジョンにはたぶんそういう気持ちはすぐにわかる筈《はず》だからぼくとはちょっと違うところで、ジョンはジョンでモカモカ嬉《うれ》しい気持ちになっているような気がした。

でも夕食のときはつぐも叔父も賢三君も母屋《おもや》の食堂にきてしまうから、ジョンは今までのように自分のねどこにいってぼんやりしていなければならない。

つぐも叔父の帰宅時間は一定していなかった。海岸の埋め立て工事の規模が拡大し、そのための働き手を常に募集していたから、親子でぼくの家に越してきたときからつぐも叔父はその工事関連の仕事に就いていた。

つぐも叔父の説明によると、ああいう工事はいくつもの請け負い業者が加わっており、それぞれ工事の場所は分断されているが、土地の性質や工作機械が使えるかどうかで進行状況がそれぞれ異なり、自分のところの工区の仕事が終わっても、隣接する他の工区、たとえば大きな排水用のパイプを接続させるのにちょっとでも食い違いがあってはならないからそういう他の工務店の作業としっかり繋《つな》がるのを確認してからでないと、その日の工事終了とはならなかったらしい。

多くの工事作業員はそれが済むとプレハブづくりの宿舎が沢山ある区画に行ってまずは風呂に入り、それから大勢の食事になる。

でもつぐも叔父はぼくの家から通っているので、その日の仕事が終われば風呂の順番をまたなくていいし、食事もあらかじめ作ってある冷たいおかずで皆で競いあうようにしてたべなくてもいい「通いの労務者」だから、なんぼかシアワセなのだ、と自分でよく言っていた。

でも実際にはつぐも叔父は遠慮して帰宅してもまず風呂に入る、ということはしなかった。その日によって様々だが体の汚れ具合が尋常ではないから、帰宅すると外の水でまず顔や手足を洗い、体を拭いてそれから食卓につく、ということを頑《かたく》なに守っていた。

つぐも叔父親子のおかげでぼくの家の食卓はまたいくらか賑《にぎ》やかになった。でも父が亡くなったあと長兄の仕事は相当に忙しくなったようで、帰宅もたいがい十時すぎになっていたから長兄は東京の事務所の近くの食堂で夕食を済ませるか、そうでないときは帰宅して遅い食事をするか、のどちらかだった。遅い時間の食事でも母親が世話をしていたから長兄が一人で冷たいごはんを食べる、ということはなかったが、長兄の身になればいつの間にか我が家で一番寂しい食事をすることになってしまったのだ。ひとつだけホッとするのは、いかに遅い帰宅でも、ジョンだけはいち早く気がついて長兄のお迎えに走り出ていることのような気がした。

居候をしている身だからか、つぐも叔父もまだ起きているときは寝巻姿のまま長兄のところに挨拶に行っていたようだが、昼間の肉体労働で疲れているのだから、そのような気づかいはしなくていいですよ、と長兄は何度も言い、その習慣は次第になくなっていったようだった。ただそれはかなり経《た》ってから母に聞いた話で、ぼくも弟の裕《ひろし》も、おそらく息子の賢三君も知らなかったことだろう。

ニワトリは毎朝確実にタマゴを産んでいた。白いごく普通の大きさのがふたつ。それより一回り小さくて少し茶色がかったのが二つ三つ。それをとりにいく係をぼくと賢三君と弟の裕で分担しよう、ときめたのだけれど結果的には毎朝三人で回収しにいくようになっていた。タマゴは新鮮このうえないから、朝ごはんのまず一杯目に「生タマゴかけ」で食べるのがぼくたち子供三人の最大のヨロコビになっていた。つぐも叔父はそれよりも早く朝食をすませて工事現場に行くので、母はつぐも叔父に持たせる弁当を作る係だった。そこで前の日に残ったタマゴを使ってなにかおかずをつくろうとすると、「いや、そりゃ弁当にゃもったいなか、別ん料理に使わんね。おいは漬けもんがようけならんどるほうが好きやけん」などと言ってなかなか口にしなかった。

長かったのか短かったのかよくわからないうちにヨロコビの夏休みが終わった。そしていきなり学校の給食がはじまった。給食になるのは春からだと聞いていたのに、いっこうにその気配がないので中止になったのかと思っていたけれど、一学期分、その準備が遅れていたらしい。

三年生以上は生徒の給食係がきめられ、低学年生は給食係の大人が世話をしてくれた。給食が始まるとその費用の一部を各家庭が払わねばならないので、父兄たちのあいだでちょっとした論議があったらしいけれど、何か大人たちのあいだでの調整があったらしく、家庭の負担をさらに低くすることで話はまとまったようだった。

生徒からみると学校給食で、みんな同じものを食べる、というのは全員が平等になったわけで素晴らしい変化だった。

それまでは各自が家で作った弁当を持ってきていたのだが、みんな自分の弁当のおかずが貧弱で恥ずかしい、という気持ちがあって、アルマイトの弁当箱を使っている生徒はその蓋を横にたて、包んできた新聞紙で弁当箱のまわりを要塞のようにかこみ、弁当の内容を見せなくする、というおかしな食べ方をしていた。

タマゴがらみの例でいうと、ぼくの隣の席にいた茂君の家は養鶏場なのでタマゴがありあまるほどある。だから茂君の弁当は、毎日弁当箱のごはんの上いっぱいに炒《い》りタマゴがのっていてとてもきれいだしおいしそうだった。

でも茂君は毎日同じおかずなのが恥ずかしいらしく、いつも頑に弁当箱全体を新聞紙の砦《とりで》を作って隠して食べていた。ぼくなどは茂君のタマゴだらけの弁当がいつも羨ましかったけれど小学生ぐらいでは弁当を半分ずつとりかえっこしよう、などという交渉はとてもできなかった。

取り替えようとするぼくの弁当も、竹輪《ちくわ》の煮つけだとかキンピラゴボウだとか福神漬けなんていうのが殆《ほとん》どだったから、そもそも交換に値しないだろうと思っていた。

前の日に家でカレーを食べた生徒は弁当のおかずもカレーのことが多かった。

昼になるとカレーの臭いが教室のなかにプーンと流れてきて羨ましかったけれど、アルマイトの弁当箱だとどうしてもカレーの一部が浅い蓋から外に流れ出てしまうので弁当箱を包んできた新聞紙のいろんなところが黄色く染まり、あまりウツクシイとはいえなかった。本人もそれを知っているからやはり新聞紙でまわりをガードして食べていた。

給食になるとそういう問題がいっぺんに解決した。各クラスで順番に給食係というチームができて、給食の時間になると、夏のあいだに内装を大きくかえた家庭科の部屋に、市から派遣されたエプロン姿のおばさんたちがきて、クラスごとにその日の料理をわりふっていた。

給食の食器はアルマイトでできていて、どんな献立でも皿とカップの二組だった。

主食は殆どパンで、そこに根野菜の煮つけとかなにかの魚のフライ、はじめて見る芋サラダのようなものが載っていた。アルマイトのカップにはシチューや、名前のわからない野菜のまじったスープなどが出てきて、そのほかに各自持ってきているコップにはミルクを入れてくれた。でもそれは牛乳とはかなり違った味で底のほうにザラザラした黒っぽい粉のようなものが残る。それは牛乳とは質の違う脱脂粉乳だということを知った。誰かが「戦争に勝ったアメリカの残りかすだあ」と大きな声で言った。

皿とカップのものはおかわりできないが、脱脂粉乳はおかわりすることができた。これはまずくていやだ、という生徒が一クラスに必ず何人かいたので余ることが多かったからだった。ぼくはおいしい、と思ったので必ずおかわりした。

このような給食になると食べているものはみんな同じだから、新聞紙で隠す必要がなくなり昼食はけっこう楽しいものになった。

ちょっと心配していたけれど、一年生の裕は同じぐらいの豆ツブみたいな友達と昼休みなど校庭で遊んでいるのをよく見かけた。でも顔を合わせても何か言葉をかわすということもなく、むしろ裕はちょっと恥ずかしそうにしているのが不思議だった。

その頃、学年を問わずみんなよくやっていたのは、小さな石を十個ぐらい砂の上において、それを摑《つか》んで空中に放りなげ、落ちてくる石を手の甲で何個とれるか、という遊びで、三〜八回ぐらいやって、その積算で勝ち負けを決める遊びだった。よく見ていると裕たち一年生は何度もやると足し算を間違えるので、たいてい一回勝負を繰り返しているのがおかしかった。海岸の砂を持ってきて作った校庭なのでそういう遊びができたのだ。

つぐも叔父は埋め立て工事が休みの日曜日は母の「踊り舞台」づくりをやっていた。造作そのものは簡単なのでもう大体出来上がっていたが、檜《ひのき》づくりの床が場所によっているいろに軋《きし》むのをなんとかしてほしい、と母はつぐも叔父に注文をつけていたらしい。

もともと普通の客間としてつかう部屋の土台だったから家そのものはまだ新しいわりには全体をよどみなくまったくたいらにするのは難しいらしく、どこか一カ所が軋まなくなってもそれによって別のどこかがキシキシいう、という具合で「姉さん、これば全部ちゃんとするならまた全部、床板ばはがして土台からやらにゃ無理ばい」と、めずらしく弱音をはいていた。

母はようやく納得し、あとは電灯の位置を真ん中のをやめて左右にふたつにわけてほしい、と頼んでいた。それなどは電気屋の仕事そのものだったが、つぐも叔父は電線と碍子《がいし》を買ってきて器用に母の満足するように工作していた。社交家の母は、別の何人かの人に頼んで安い費用でレコードをかけられる大きな電気仕様の箱を運んできた。電蓄《デンチク》と縮めて言っていたが、正確には電気蓄音機というのだった。踊りのときに使うものだったからぼくたちには触れない。

いろいろな人に頼んでいた口利きのおかげで、母のにわか日本舞踊教室の準備はそんなふうにして着々と進んでいった。

それと同時に季節も順序ただしく変わっていった。季節の進んだのとは必ずしも関係ないのだろうが、ある日曜日にネコのハチがいつも自分の席と決めている庭のせんだんの木の少し高い切り株のところから、二メートルはある最初の横枝まで登ったのもその頃だった。

ハチはその思いがけない成果をみんなに知らせようとしたのか、あるいは自分で降りられなくなって助けを呼んでいたのか、いつもよりかなり大きな声で鳴いて、自分の位置を知らせていた。ぼくはびっくりして弟や賢三君を呼んだ。

「おーい、ハチがせんだんの木に登ったぞう」

その声をきいて部屋で休んでいたつぐも叔父も出てきた。

「オッ、ハチもオトナになったったたいね」

そう言って褒めていたが、ハチの様子が少しおかしい。高い木の股のところで背中をまるめて四肢の爪をたてているのが見える。

「そっか、そっか、あすこまであがって大成功したとはよかばってん、じょうずに降りられんごつなっとるとよ」

つぐも叔父はそう言って家の裏から、やはりつぐも叔父が余分な木でつくった梯子《はしご》をもってくると、まだひゃあひゃあ鳴いているハチのところまで梯子をかけ、ゆっくり登って両手で慎重にハチを下ろしてやった。

「今度は初めてやったけん、上がったはよかけど、恐ろしゅうなって、助けてくれちゅうてきちょるばってん、一回あれができるごつなると、こいつはまた登って、こんつぎは必死こいて自分で降りてくるやり方を見つけるけん、そんときにゃ褒めてやったらよかとよ」

つぐも叔父によって途中まで下ろされたハチは地面につくとつむじ風のようになってどこかへ走っていってしまった。

この騒ぎをジョンはどこで見ているのかふいに気になって探したら、どういう考えなのか門の内側ギリギリのところに座っているのを発見した。ジョンはジョンでこの事態をどう考えていいかわからなくなっていたようで、ぼくにはなんだかとても面白い出来事だった。


新学期というのはなにかと忙しく、ぼくはしばらく昭一《しょういち》やマサルやカッチンなんかと遊べなかった。しばらく行かないうちに海がどうなったか気になっていたので、空全体が「秋だぞう!」とどなっているようなよく晴れた日に賢三君と連れだってカッチンの家に行った。もうその頃はぼくの日頃の遊び仲間みんなと賢三君はすっかり仲よくなっていた。

その足でマサルのところに行くと、マサルは普段と違うおかしな着せ替え人形のような恰《かっ》好《こう》をして困ったような顔をして出てきた。聞けば、その日は母親に連れられて一家で墓参りに出掛けるのだという。場所は東京の千住《せんじゅ》というところだと言っていた。

それではとめてはいけないから「じゃ今度な」と言ってすばやく去ったけれどマサルはつまらないなあ、という顔のままだった。

昭一の家はちょっと遠いので、とりあえず駅のほうに行くことにした。

驚いたことにもうとうに潮干狩りの季節は終わっているのに、駅から海にむかう中央通りはいましがた電車から降りてきたらしい人々で賑わっていた。秋のはじめといってもまだアサリやハマグリ、マテ貝などがとれる。

河口に行けばハゼ釣りにはもってこいの日だった。でも急に思いついて海に行こう、と言いだしたので、こんなに観光客がいるとは思いもしなかった。これでは浜も人だらけだろう、ということがわかったので「かばんしょ」に行ってみることにした。

かばんしょというのは地元の消防団の人たちが暇になると寄り集まっているところで、子供たちもその中に入ってよかった。だからもしかすると昭一やそのまわりの友達がいるかも知れない、という期待をもったのだ。

でもかばんしょには誰もいなかった。ここは平日の月曜日と金曜日にソロバン塾があって、ぼくたちの学校の生徒も何人かかよっていたから通りかかるたびに覗《のぞ》いてみることにしていた。カギなどまったくかかっていなかったので、日によると地元の消防団員の自然発生的な寄り合い酒があったり将棋大会などがひらかれていた。昼間から誰かが酔っぱらって一人で寝ていて大イビキをかいていたりしていることもあったが、誰も気にしておらずなにかと自由だった。

その建物の横にちょっとした火の見やぐらの鉄塔があって垂直の鉄のハシゴがついており、一番上は監視台だった。

「そうだ。あの火の見やぐらに登ってみないか」

カッチンがいきなり言った。ぼくは前にも何度か登ったことがあるが、下からみると造作もないような気がするが、上のほうに行くにしたがって尻の穴がムズムズし、いきなりわけのわからない恐怖に襲われる。でもそれとたたかって一番上の平らな見張り台の上にたどりつくと、周囲の壮大な景色が待っていた。

カッチンはいつも行動が早く、すぐに鉄塔にとりついていた。一番下の段のところでズックの底をこすりつけ土などをきれいに払って、すぐに上へ上へと軽快に登りだした。

「ケンちゃん、ああいうふうにやるといいからよく見ておきなよ」

それを聞いて賢三君はびっくりしたような顔をした。

「えっ、ぼ、ぼくも登るの?」

「だってぼくも登っていくよ」

「ぼ、ぼくにで、できるかな」

「大丈夫。ケンちゃんは身が軽いからすぐに登っていけるよ」

そんな会話をしているうちにカッチンは休むことなくどんどん上のほうに行っていて、もうじき一番上の監視台にたどりつきそうだった。

「二番目はケンちゃんのほうがいいだろう。ぼくがすぐあとについていって困ったらいろいろぼくに聞いたらいい」

さしてぼくに自信があるわけではなかったが、そう言っておくと安心だろうと思ったのだ。予想したとおり賢三君は勇気があった。

さっきカッチンがやったように、一番下の段で靴の底の土をよく払い、両手で鉄梯子をしっかり摑んで体をもちあげた。あとは同じことを交互にやっていけばいいだけだ。

「こ、これでいいんだね」

賢三君がすぐ下にいるぼくを見て言った。

「そう。そのとおり。でもこれから先は自分の手元を見て、あまり下やまわりの風景を見ないほうがいいよ。登るときはとにかく自分のことに集中していくんだ」

「そ、そうか。わかった」

ぼくは賢三君のすぐ後ろについて登っていった。ぼくが見込んだように賢三君は身のこなしが軽快で、心配するようなことは何もなかった。でも半分ぐらい登ったところで賢三君はいきなりとまってしまった。以前いつもの仲間と登ったときもひとり途中で「なんだかウンコしたくなっちゃった」と言ってとまってしまったことがあったのを思いだした。

「どうかした？」

ぼくはすぐ後ろから賢三君に聞いた。

「な、なんでもないんだ。じゅ、順調です」

「そのように見えるよ」

賢三君はもう休むことはなく、そのままちゃんと一番上に登りつめた。一番上にいって監視台に這《は》っていくときにやや勇気がいる。でも賢三君は何も問題なく監視台の上に着いた。すぐにぼくも到着し、三人で握手した。

「マナスル登頂おめでとう」

「やったな」

「征服だ」

監視台の上から眺める風景はいつも素晴らしい。その日もよく晴れた秋の空の下でぼくたちの住む町が全部ぐるりと見えた。駅からまっすぐ海にむかっている中央通りにはまだ沢山の人が行き来している。そして海にもアリンコのような人々が動き回っている。少し斜めになっている太陽の光のなかで町全体のどこかしらが少しずつ動いているのが面白かった。

「よ、よかった。上までちゃんと登れて」

賢三君が本当に感動した声で言うのが嬉しかった。

「あ、ほら電車がくるよ。まったくおもちゃみたいだ」

カッチンが言った。駅に入ってくるところだったけれどエンジンやブレーキの音は実際の動きより少し遅れて耳に入ってくるような気がした。駅のアナウンスの声も同じだ。

海の音はずっと続いていた。いろんな音がかさなりあって、どれがどの音か区別することはできないが、潮が満ちてきている音だけは区別してわかるような気がした。でもそこから見ると押し寄せてくる海は海水浴とか潮干狩りの客のいるところに到達するにはまだずっと先だった。

そのもっとずっと先のほうには帆を数本つけた「打瀬船《うたせぶね》」という大きな帆かけ船が二隻見える。

つぐも叔父はむかしあの船に乗って働いていたことがあるんだよ、と賢三君に言うと「えーと、ど、どれかな。あの大きな帆の船のこと?」驚いたように言った。賢三君にとっては誇らしい気持ちのようだった。

そんなふうにして町のぐるりをみんなして観察し、やがて降りることになった。

「いいかい。賢三君。こういう垂直のハシゴは、登るときよりも降りるときのほうがちょっと怖い気がするんだよ」

カッチンのいうとおりだった。ぼくも以前の体験からその気分はよく覚えている。

「でも怖い気がするのは最初、一番上の段に足をのせるときぐらいで、あとはあわてないでゆっくり同じ調子で降りていけばいいいんだ」

「う、うちのハチも、お、降りるとき怖がっていたね」

あっそうか。ぼくたちは今、ネコのハチと同じような気分になっているんだ。

ぼくも賢三君の言葉でそのことを思いだした。

「ハチはおじさんが梯子の途中まで抱いて降りたけれど、半分ぐらいのところから頭を下にして自分で一気に降りてきたもんなあ。ぼくたち人間はとてもあんな降り方はできないぞ」

「ぼくたちは、ネコみたいに、つ、爪が生えていないからね」

賢三君が言った。あのとき賢三君はそんなこまかいところまで観察していたのだ、ということを知ってぼくは少し思いがけないような気がした。

これから降りる、考えただけでも鉄塔登りでいちばん怖い気持ちになることを前にあまりお喋《しゃべ》りしていてはまずい、ということに気がついて、さっきと同じようにカッチンが一番先に降りはじめた。次に賢三君。そうしてぼくの順で、皆だまって神経と力に気持ちを集中させていたようだった。

降りきって、みんなで今かなり気合をいれて降りてきた鉄梯子とその上を見上げた。

「そ、空が走っているように見える」

賢三君が大発見のようにしてそう言った。秋のかなり輪郭のはっきりした雲が動いていて、それだけ注意して見ていると、本当に鉄塔のむこうの空が走っているように見えた。降りるときはみんなそれぞれ緊張していてそんなことに気がつかなかったのだ。

「ハチは頭から降りてきたから爪が生えていても、そのひっかかりが役にたたない方法で降りてきたんだものな。ネコのほうがやっぱり凄《すご》いよ」

ぼくと賢三君は鉄塔の上と下で、カッチンにはたぶんまったくわからない会話をしていたので、手みじかにハチの木登り事件のことを説明した。カッチンはしょっちゅうぼくの家にくるから、ハチのことを当然よく知っていた。

「あのときハチは何であんな高いところに登ったのかなあ」

ぼくは改めて言った。

「ホント。あんなチビネコがよく登ったねえ」

カッチンも驚いている。

「やっぱり征服したいと思ったんだろうね。急に」カッチンが言い、賢三君が「ぼ、ぼくたちと同じだ」と言ってみんなで笑った。

母の大作戦

母が半年がかりで用意していた「舞踊教室」の具体的な準備がいろいろにすすんでいた。いろいろというのは自宅を改造して、それまでの客間を檜板《ひのきいた》づくりの「舞台」にすることで、それはもうつぐも叔父《おじ》が手早くやりおえていた。檜の板は高いので、まだカンナで削っていないものを購入し、それをつぐも叔父が一枚一枚丁寧に削る、という根気のいる仕事で、しかも昼の土木工事から帰ったあとの仕事だから実にたいへんそうだったけれど、もともと体の強い人だから心配ないのよ、などと母などは軽く言っていた。

でもぼくは普段のつぐも叔父だったら続けて三〜四枚削ってしまう筈《はず》だろうに、一日に一枚、夕食が終わったあとにやっていたので疲れが蓄積しているのだろうな、とそれを見て考えていた。

その次に、隣接した和室にある床の間と押し入れを取りのぞいてその場を広げる、といった改造がはじまったけれど、それはさすがに本職の大工さんがやっていた。母の知り合いのかなり年配の大工さんで、一人で毎日コツコツすすめていた。つぐも叔父は帰宅するとすぐに、毎日どのくらい仕事がすすめられているか見るのを、日課の楽しみのひとつにしているようだった。

そうしたことも含めてぼくが不思議に思っていたのは、我が家は全員でその町に越してきたのだけれど、まるで母親だけが前からその地に住んでいたかのように、あっという間に知り合いを増やしていき、その多くの人と友好関係になっていたことだった。

それと同時にこの町に越してきてまだ間もないうちは、父親もそこそこ元気に仕事をしていた時期があったから、それまでこの町に満足な経理、会計仕事などをしている人などあまりいなかったので、ちょっと大きな町工場の経営者や沿岸漁業の網元みたいな仕事をしている人のなかに、人づてでぼくの父親の経理庶務などのアドバイスを求めてくる人がけっこういて、その筋からも知り合いが増えていった、ということもあったようだった。父親がらみの人とのつながりは、父親がこの町で元気に生きている時間が短かったので、まあまあ僅かな数だったのだろうけれど、母にとってはその後の「知り合い」のひとつとして、有機的に繋《つな》がる人脈になっていったようだった。

まあそのへんのことは、ぼくが大人になって当時を思いおこすときに想像しただけの話ではあるけれど。

母のそういう自宅改造の資金は父からの遺産相続金があてられたのだろうが、いつも元気で世間との繋がりを大事にしている母は、そういうお金をもっとも有意義に使ったことになるのだろう。

貯金を切り崩していくのでは確実に尽きてしまうだろうけれど、自分の好きな世界で継続的に収入を得られればそれ以上のことはない。

やがてどこからどういう繋がりで集まってきたのか、二十人ぐらいのおばさんが母の弟子になって毎日、踊りの稽古がはじまった。踊りのために使う音楽は、中古のデンチクというものが運びこまれ、それも母が地元の知り合いから安く譲ってもらったのだった。


そんなことのいろいろでぼくの家で一番忙しく、陽気で騒々しいのが母がらみの世界になり、父の仕事を引き継いで相変わらず苦戦している長兄は、早めに帰宅して家に仕事を持って帰っても母の〝一座〟の騒々しさによって、まともな時間をとれなかったはずだ。

おとなしい長兄は、そのために神田《かんだ》にある事務所で遅くまで仕事をするようになり、夕食は事務所の近くの食堂ですませることがいっそう増え、帰宅してからだと、もっぱら夜中の「冷えごはん」ということになった。そして現場仕事の関係で帰りが遅くなったつぐも叔父も、それと同じ状況になった。

ぼくや弟の裕《ひろし》、それにつぐも叔父の息子の賢三君などにはあまり影響はなかった。母が忙しいぶん、子供らは基本的に自由放任にされ、母が夕方に慌ただしく作っておいてくれた夕食を子供らだけで食べるのだが、火を使うことは禁じられた。賢三君に幼い頃のトラウマがあることと、実際ぼくたちが火を使って何か料理を作る、などということはとてもできなかったから問題はなかった。それよりも母が作っておいてくれた食べ物を、子供らだけでいろんな話をしながら、しばしばゲラゲラ笑いながら楽しく食べられる、ということができたのが何よりだった。

母のこのあっちこっちの大改造でいちばんワリをくったのは、すぐ上の兄のタカシの筈だった。タカシは父がいなくなって以降、どこにどう住んでいるのか以前よりも家に帰らなかったが、それでもたまには帰ってくる。これまでは帰ってきても家族の誰とも殆《ほとん》ど話をせず、狭い自室に閉じこもってしまっていたが、いまは母の踊り舞台大改造でもう自分の閉じこもる小部屋がなくなっていた。

タカシはそのことを母に抗議し、母は詫《わ》びながら「生きていくためだから仕方がないのよ」という意味のことを言っていた。でもタカシは母の言うことを最後まで聞かず「チェッ、くだらない家だ」と言って、また出ていってしまった。母親はそれ以上弁解も慌てもせず、唖然《あぜん》としてそのやりとりを見ていたぼくや裕にむかってか、そんなつもりもなかったのか「理解してほしいのにね」というようなことを言っていたようだった。

ぼくにも兄の言葉の意味がわからなかったたし、兄がまた家出同然の恰好《かっこう》で出ていってしまってても母がそんなに慌てずにいたのは、母はタカシがいま住んでいるところを知っているからのようだった。

こんなふうに父が逝ってしまってから、ぼくの家は急スピードでとんでもない変化をとげていったのだが、うまいことにひとりひとり自然にその変化に対応していった様子だった。もちろん「仕方なく」の対応ではあったけれど。

ひとつだけ、縁の下のジョンの本当の気持ちはわからなかった。いつのまにか家に出入りする人が多くなり、その人々もいろんな化粧をしているから、ジョンには異様な臭気でびっくりしていたはずだ。人間の一億倍という嗅覚の持ちぬしだから、そっちのほうでヘコタレては一大事だった。さらにジョンの頭の上で三味線や太鼓の音が聞こえるのが不思議だったと思う。餌はいままでどおりぼくがあげていたし、散歩もいままでと何も変わらなかった。ジョンは知らない人が来ても、無闇に吠えるということはまずしなかったし、庭の家作のひくい土台の上に板の間で建ててある賢三君親子の家に、ぼくと弟が遊びにいくとジョンも同等に戸口から顔を差し入れて、ぼくたちのいいかげんな遊びにやはりいいかげんに参加できるのが安定して嬉《うれ》しいくらいだったろう。

庭の真ん中にあるせんだんの木に、そんなに密ではないがそこそこまんべんなく葉がついて、秋になると実が熟した。数本にわかれた枝の先についた二センチぐらいの大きさの黄色い実だった。木の途中の登れるところまで上がっていって、力任せに枝葉をゆするとその実があちこちから落ちてきた。これは三人のうちでいちばん体の大きなぼくの仕事だった。

せんだんの実は食べられないが、つぐも叔父の話では九州のほうではこの実をこまかく潰して飲むのだそうだ。回虫を駆除することができるという。

ぼくたちは、夏のあいだ竹で作った「豆デッポウ」に、アオキの丸い実を弾丸にしてタカッていたが、それと同じことを落ちたばかりでまだ固い、このせんだんの実を使ってやってみよう、ということになった。

豆デッポウの作り方は簡単だが、せんだんの実はいくらか細長く、実がまん丸のアオキのようにはいかなかった。ぼくたちが作っていた豆デッポウは、最初にひとつの豆を銃身である竹の筒の先端に差し込んで出口を覆う。それから新しい豆をもう一方の口にいれて、ちょうどそこに注射の要領で背後から思いきり棒を押し込むと、中の空気が圧縮されて銃身の先端にある豆がうまくいけばイキオイよく押し出されていく、という仕組みだった。でもせんだんの実がまん丸ではないので、銃身の先端につめた豆の隙間から空気が漏れ、先端の実をはじきとばす力にはならないことが多かった。

そんなわけで折角苦心して作った新式銃が、なかなか思うように作動しなかったのでじきに飽きてしまった。


その頃、学校に行ってもあるいは海や川ぞいで遊んでいても、友達同士の最大の話題はテレビだった。まだ家にテレビのある家はほとんどなく、みんなテレビを買える金持ちの親がいたらどんなにシアワセだろう、というようなことばかり話していた。

ぼくたちが一番見たいのはプロレスだった。

私鉄の駅の横にある岡田電器店が、ショウウインドウの中にテレビを置いており、外にいる人々にプロレス中継を見せてくれたのだ。

そのテレビはあきらかに店主の手製によるものらしく、ブラウン管をはじめそのまわりにとりつけてあるいろいろ複雑な付属機材や真空管などが、全部剝《む》き出しになっている。外側からキャビネットで覆われているテレビのブラウン管というのは、必ずしも四角いスクリーンの形をしているわけではない、ということをそのとき初めて知った。

剝き出し円形のブラウン管に映像が映ると、なんだか魔法使いになってどこかのナゾの世界を覗《のぞ》いているようで、思わず息をひそめるような不思議なトキメキがあった。

その時間になる前に、ぼくたちはいつもの遊び仲間と電器店のショウウインドウの前に陣取って、八時になるのをいまかいまかと待っていた。

時間が近くなると店の主人が出てきてスイッチをいれる。でも手製によるものなので、今の、スイッチを入れれば間違いなく映るテレビと違って、画面が現れるのにかなり時間がかかる。ときどきそれがうまくいかないこともあったので、ぼくたちは祈るようにして画面が無事に現れますように、と全員のパワーを集めて成功を祈った。

何回かに一回ぐらいの頻度で、画面にいろんな縞筋《しますじ》が現れて不穏に流れ続け、なかなかちゃんとした画像にならないときがあり、これは手に汗を握る事態だった。

でもぼくたちの集団パワーがなにかを動かし（たぶん）やがて最初のコマーシャルあたりでちゃんとした画面になる。

その頃になると、ぼくたちの後ろに近所の常連のプロレス好きのおっさんなんかが集まってきていて、観客はぼくたちを含めて二十人近くになっていた。

そうしてまったく熱い期待のうちにプロレスの第一試合がはじまる。これはまだ体の細い日本人同士の前座の試合だったが、それでもそのあとに控えるいくつものお待ちかねの試合にむけてコーフン度をいやが上にも高めてくれる。この次第に増していく高揚感といったらなかった。だいたい三十分をすぎた頃に、いよいよ日本人レスラーと外国人レスラーの試合になる。最後からひとつ前の試合を「セミファイナル」というのだと知って、それからときどき町で売っている「焼き串カキ」とか「芋飴《いもあめ》」なんか食べるとき、最後のひとつ手前を摘《つま》むと「セミファイナル!」などと大声を出すのが流行《はや》ったが、ちょっと意味がズレているような気もしていた。

セミファイナルの試合は、日本のそこそこ強い選手が出るので目が離せないが、勝つか負けるか引き分けか試合展開によってなかなかわからず、いよいよ最後の力道山《りきどうざん》の試合に熱気は急速に高まっていくのだった。

後年、このセミファイナルがすんだリングのマットには、必ず三菱の電気掃除機があげられ係の人がそれでリングをくまなく掃除するのだった。

このプロレス番組のスポンサーは三菱電機だったので、そういう具合になるのは、後日だいぶたってからよくわかったが、その当時はプロレスというものは、最後の注目試合の前には電気掃除機がマットの上をきれいに掃除するものなのだ、とかなり長いこと信じていたのだった。

このメーンイベントが始まる頃は、駅から出てきたサラリーマンなども見物の輪に加わっていたから、そういう熱気を感じてぼくたちのコーフン度はどんどん頂点に達していた。

プロレス中継が終わると、店の店主が出てきてサッサとスイッチを切ってしまい、ショウウインドウの前の見物の人々もサッサと散ってしまう。ぼくたちはそういうふうにすぐに気持ちを切り換えることができず、そのあたりの自転車置き場の奥のほうに集まって、今の試合の感想などを激しく言い合うのも金曜日のタノシミ、ヨロコビのうちに入っていた。この夕食後のプロレス見物には賢三君はかならずついて来たが、裕を連れていくのは母親がとめて家にいた。

母親はぼくが夢中になっているプロレスラーじゃないけれど、その頃ますます元気になってきて、毎日アタマの上に「頑張り中です！」などという見えない文字を躍らせているようだった。そうしてある夜遅く、帰宅して冷えたごはんを食べている長兄に相談事があると言っていまや食堂兼、臨時のなんでも部屋のようになっている部屋にやってきた。

珍しく母親は兄に食後の熱いお茶をいれながら、夜だというのにいつもと同じ景気のいい声を出していた。ぼくは宿題があったので、そのまま食堂の自分の椅子に座っていた。

「お金、いろいろ使わせちゃったけれど、ようやく踊りの稽古場らしきものができたわね。あんたも知ってるように、あたしが娘時代と新婚時代に随分稽古した日本舞踊の御稽古教習場のようなものができたわ。そのお月謝で自活していくことしか、今は私にやれることがないのよね。調べてみると幸いこの町には、いや近くの町にもそういう稽古をしているところがまるでなかったので、ある程度成り立つんじゃないか、と見当をつけたのよ。あんたにはこの計画をもっと早く話しておきたかったのだけれど、なにしろあんたも忙しいからねえ。同時にあたしも昼間はわざと元気よくやっているけれど、夜ともなるとやはり疲れが出て体が言うことをきかなくなってしまってね。で、今頃になってこんなことを話しているわけなのよ」

饒舌《じょうぜつ》な母はそれでもいくらか話をはしょっていたらしい。そこまで言ってしばらく黙り、目の前のお茶を飲んだ。

長兄はいつものように静かなままだったし、穏やかな顔つきをしていた。

「お母さんが好きで得意な世界なんだから、その考えでいいと思いますよ」

兄は言った。

母は少し安心したような顔つきに見えたが、兄としては母がそれから何を言いだすのか、ということをいささか用心しているように見えた。

「それで、この町で出会えたあらゆる知り合いの援助を得て、新規のお弟子さんもそこそこ集まってきていて、まだ予定していたものには満たないけれど、あたしの才覚でじわじわと仕事になっていきそうなのよ」

兄はまだ黙って聞いていた。

「そういうお膳立てを作るために、この家を随分改造してしまったわ。あなたにろくに相談もせずにね」

「ああ、それはいいんですよ。あたらしい事業をはじめるみたいなものだから、当然そのしつらえは必要です」

母はまた笑顔になった。

父が座っていたあたりの真上にある、柱時計が十時を鳴らしていた。

「で、これからのことはちょっと話しにくいんだけれど、そのための準備の工費なりなんなりが予定よりもかさんでしまって、お父さんから相続した遺産を超過してしまったのよ」

あれれ。いよいよ本題に入ってきたな、とぼくは思った。どうも全体の話の流れからそういう話題になりそうだな、ということはぼくにもある程度察せられたのだ。

そのまま、そこに座って二人の会話を聞いているのはまずいような気もして、宿題の本やノートを片付けはじめた。しかし、母も長兄もぼくのその仕種《しぐさ》を見て「そのままで一緒に話を聞いていなさい」と言っているような気がしたので、途中でしまうのはやめて態勢を整えた。

「いくらぐらい足りないの？」

兄はストレートに聞いた。

「今、十万円、というところね。でもこういう世界では、稽古場をひらくときとか記念のときなどに、お弟子さんやその関係者を集めて〝おさらい会〟というのがあるんですよ。お披露目ですね。そのときにお弟子さんやなにやかや関係者からご祝儀をいただくの。ピンからキリだけれど、それでも結構な額を包んでくれる場合もあって、これをやることによって足りない額の埋め合わせはできると思うのよ」

兄が小さく頷《うなず》いていた。

「わかりました。今、ぼくは仕事に追われっぱなしで、さしたる資金の足しになるものはありませんが、こういう仕事上、短期でそんなに負担のかからない利率でお金を借りることができる道があります。その足りないぶん、というのは家改造の際の職人さんへの支払いなんでしょう?」

母が頷いた。

「そういうお金は支払いを遅らせてはいけないんですよね。これからのお母さんの稽古場の評判にもかかわることですから……」

母はまた頷いたが、いきなり目頭から涙がふくれて流れているのに気がついた。

肝心な話はそれで終わった。

でも母親がぼくにその一連の話を聞かせたのには理由があって、そういう訳だから、この「おさらい会」にいろいろ手伝ってもらいたい、ということであった。

いったいその「おさらい会」というのが、どんなものなのか見当もつかなかったが、主人公である母の子供として、その仕事が成功するように、という気持ちははっきりしていた。

賢三君のヒコーキ

賢三君は父親のつぐも叔父《おじ》からひきついだのだろう。ちょっとした時間があると、家の横のニワトリ小屋の先にまとめてたてかけてある大小さまざまな木切れのなかで、あきらかにたきつけぐらいにしか用のなさそうなものをみつけてきては庭の隅で何かの工作をしていた。

日曜日のよく晴れた日などは、ぼくがほかの遊びに誘わないかぎり、そうしていることが多かった。賢三君の両親は賢三君がまだ小さなときに離縁してしまい、父親であるつぐも叔父はそのじぶんからしばしば日雇い仕事などに出ていることが多く、賢三君は自分の家で一人遊びをすることが多かったから、そういう習慣になっていたのだろうと思う。

だからぼくも母親などから何か言いつけられたり遊びの用がないときは、賢三君のそういう工作を眺めていることが多かった。当然のように犬のジョンも、「なんですか、なんですか」という顔をしてそばに来てしばらく眺め、フと何か思いついたように庭のあちこちを走り回り、また「そうだった」というようなかんじで賢三君のそばにやってきた。弟の裕《ひろし》はたいていジョンよりもあとにやってきて、ぼくの隣にしゃがみ「何ごっこ？」などと聞くのが常だった。

　賢三君が何を作ろうとしているのか、一番はじめにそこにやってきているぼくはすでに同じことを聞いているのだが、賢三君が少し変わっているのは、そういう自分一人だけの「なにか」に集中してしまうと、ほかのことに気がまわらないようになってしまう性格のようで、いつもみんなで遊ぶときのようにそうした質問になめらかにすぐ答えなくなってしまうのだった。

　思いついて何かはじめると、そういうことにすぐ「夢中」になってしまう性格なのだろうとぼくはしだいに考えるようになっていたけれど、本当のところはわからなかった。

　その日も賢三君から明確な答えがあるとは思わなかったけれど、ためしに聞いてみたら「ま、まだわからないけれど、ひ、飛行機を作りたいと思っているんだ」と、その日はめずらしく明確に答えてくれた。だからあとから来た裕に「ヒコーキを作ろうとしているらしいよ」と教えてやった。

「へえ、ヒコーキなんてすごいねえ。飛べるやつ？」

　裕はいきなりカン高い声になった。

賢三君のそばにある材料は半分濡《ぬ》れたような木っ端や、まだ泥のついているような木杭《ぼっくい》みたいなもの。まばらな形をしたいくつかのベニヤ板しかなかったからこれで「飛べる」ような飛行機を作るのはそうとうに難しい、と思ったけれど作ろうとしているのは賢三君なのでぼくは何も言えなかった。

「と、飛ぶんだよ。ぼ、ぼくの頭の中の設計図ではね」

賢三君が裕に笑いかけながらそう言った。

「へえ、すごいなあ。発明なんだね」

裕が言った。

「うん、前から、か、考えていたんだ」

ぼくはその会話になんと言って加わっていったらいいのかわからなくなって、結局何も言わないでいることにした。

ジョンが何度目かの庭の見回りから戻ってきてフハフハ息をはき、しゃがんで賢三君を見ているぼくたちのそばにまたやってきた。

「ジョン。見ていてごらん。これから賢三君がヒコーキを作るんだよ」

裕が本気なのか裕なりの冗談なのか、ジョンの顔を見て言った。

「うん。で、でもまだ本当にヒコーキができるかどうか、わ、わからないよ」

賢三君が、それはそれで本気なのか冗談なのかわからない口調で言った。

賢三君が木片に限らず余りものの何かや拾った金属片などを使っていろんな工作をするのが好きになったのは、いつも身のまわりにつぐも叔父が仕事などで使っている工作道具があったからなのかもしれない。

その日は思いがけなくみんなに注目されてしまい、賢三君はちょっと困っているようにも見えた。こういうときにどうしたらいいのか、ぼくもちょっと困ってしまうことがある。手伝うといっても作りたい飛行機の形は賢三君のアタマの中にあって、それを説明してもらう、ということになるとかなり賢三君の負担になりそうだな、とぼくはそれまでのさまざまな経験にあてはめて考えていた。

そこで、唐突だったけれど、ジョンの散歩に行くことにした。よく晴れて気持ちのいい日曜日の午前中だ。そんな時間にジョンの散歩に行くことはめったになかったけれど、知らず知らずのうちに賢三君に圧迫のようなものをかけてしまったかもしれない、と思ったからだ。

「ジョン。散歩に行くぞ」

唐突にぼくは言った。

自分の名前を呼ばれるとジョンはすぐに反応する。ジョンは人間の話す言葉、とくにぼくたち子供の話していることの半分ぐらいはちゃんと理解しているのではないか、とこの頃思うようになっている。

だからそう言ってぼくが門のほうに歩いていくと察しのいいジョンは嬉《うれ》しいときにいつも腰のほうをピョンピョン高くする独特のヨロコビの反応をみせながらぼくのあとについてきた。

いつもの畑の真ん中をつっきる少し高くなっている小道を行くか、その日はいきなりの散歩なのでほかの場所を目指すか少し迷った。日曜日の午前中なので今日はいつもと方向をかえて、ときおり行くボールド山のほうにするか、とぼくはジョンに言った。もちろんジョンにはそこまで込み入った言葉はわからない。

ボールド山というのは背の高い杉の木がたくさん生えた、ちょっとあたりよりも高くなっているところで、名称のように「山」がつくほどではない。

でも町の人はみんなそう呼んでいたから、むかしはもうすこし高くなっていたのかもしれなかった。山の高さが低くなるなんてことあるのかどうかわからなかったが、どうやらこの町の人でさえ誰も本当のわけは知らないようだった。

町はずれにあったのでまわりには民家がところどころにあるだけだった。森の中の家だからちょっとした西洋童話に出てきそうな気配でもある。でもそういうイメージとはそぐわない感じでボールド山への道に入っていく丁度入り口のあたりに小規模な製油工場があった。

菜種から油をとっているということは知っていたし油づくりもしているようだが、あまり活気というものがなかった。

ジョンもぼくもボールド山の散歩は好きだったが、まわりに民家が点在しているからだろう、ぼくと同じように犬の散歩をさせている人がけっこういた。

そのあたりは海浜町のイメージと違って「どこか全体に知的な気配がある」と嫁いで韓国に行った姉の夏子が以前よく言っていたのを思いだした。姉がそういうイメージをもつ理由は具体的にはよくわからなかったが、ぼくたちみたいに裸足《はだし》でそこらを走り回っているような子供の姿はあまりなく、ぼくのクラスでもそのあたりから通ってくる生徒はあまりいなかった。

だからそのあたりに行くと、ときおり犬を散歩させている人に出会うけれどたいてい大人が連れていた。その日も林の中の小道に入っていくとさっそく大きな犬を散歩させている人が正面からやってきた。初めて見る犬で、全身真っ黒な長い毛がはえていた。しかも連れている犬は首輪にクサリをつけられ、その一端を散歩させている人が持っている。その犬はなぜか一刻も早く一刻も早く、と先を急いでいるように、つながれているクサリを思い切りひっぱり、息をハアハア荒らげていた。

そんなときはぼくもジョンも道をはずれてくさむらのなかに入って避《よ》けることが多かった。

でもその日はちょっと違った。

ぼくとジョンが殆《ほとん》ど意志を同じくしたようにくさむらの中に入っていくと、その散歩者は荒い息を吐いて全身で引っ張っている犬と一緒にぼくたちが避けた方向にむかってどんどんやってくるのだった。

そのうちに「おい！」と、大きな声がした。

荒い息を吐いている犬と一緒に歩いてきたおじさんがそう言ったのに違いなかった。

「おい、ちょっと待て」

そのおじさんは立ち止まり怒鳴るように言った。

連れている犬も立ち止まったがまだいままでと同じくハアハアいっている。いかにも気の荒そうな大きな犬だった。ぼくに声をかけたおじさんはかなり太っていて、コールテンのブカブカしたズボンにこの季節には寒そうに見えるメリヤスのシャツ一枚だった。

ぼくも立ち止まり、ジョンもかなりそこから離れたところに行って、身を隠すように動きを止めているのが気配でわかった。

「あのな、キミは犬をつながずに犬の勝手にさせているだろう」

何を言われているのかわからずにいたのだけれどいきなり言ったのはそういうことだった。

その人の言うとおりなので「はい」とぼくは答えた。

「この近くに住んでいるのか？」

おじさんは言った。

「はい」

ぼくの返事はさっきと同じだ。それしか言いようがなかったからだ。

「この近くじゃないんだな」

「はい、まあ、ちょっと離れてますが」

「あのな。やけんがりって知っているだろう？」

ぼくの知らない言葉だった。しかたなくすこし黙っていた。

「キミはまだ小学生だな。ヤケンというのは野という字に犬と書く。野犬だな。そう言えばわかるだろう。簡単にいえば野良犬ってことだ」

ぼくの頭の中でその文字が点滅する。でもこのおじさんは何の用があってそんなことをぼくに言うのだろう、ということのほうが気になった。

「ここらに住んでいないんなら知らないだろうけれど、この林には最近その野良犬がいっぱい集まるようになっているんだ」

「はい」

その返事が適切かどうかわからなかったけれど今はとにかくそう答えるしかなかった。

「今は真っ昼間だからまだいいけれど、キミみたいに小さな犬をクサリもつけずに歩いていたら、ここは危険なんだ。夜なら野犬に食い殺されるぞ」

（ひえっ！）と思ったがちゃんと「はい」と答えた。

いきなりもの凄《すご》いことを言う人だと思った。それに対してまたもやあまり適切な返事にはなっていないのだろうな、と思ったがとにかくそのほかの返答は見つからなかった。

「犬を散歩させるにはクサリをつけなさい。そうして夜には自宅でちゃんとクサリをつけて勝手に出歩かないようにするんだよ」

「はい」

でも、ジョンはおじさんの引っ張っている犬よりはたぶんずっと利口だから絶対に一匹で夜中にこんなところにはこないよ、と言いたかったが黙っていた。

「な、そうするんだぞ」

太って体がやや後ろに反ったように見えるおじさんはそう言い捨てて、またもとの林の中の道に戻っていった。
五、六分そのあたりでウロウロしてぼくはジョンと家に帰った。なんだかよくわからないけれどぼくの体の中のどこかがなにかに怒っていた。

家に帰ると庭にはまだ賢三君と裕がさっきと同じようなところにしゃがんでいた。二人して工作に熱中しているようだった。

ぼくたちが門をくぐると裕がそれに気がついてすぐに立ち上がった。

「ねえ、早く見て見て。ヒコーキの羽が今できたところだよ」

裕はこうふん、というよりもはしゃいでいるように見えた。ぼくよりジョンのほうが先に二人のところに走っていく。

賢三君の工作の腕は驚きものだった。

今、賢三君の傍らにあるものはまさしくヒコーキの胴体に見えた。さっきジョンとボールド山にでかけるときに見たときは四角い木杭でしかなかったようなものが、今は全体に丸みをおび太い先端からうしろのほうにかけて細長くなっている。それはまさしくヒコーキの胴体だった。

賢三君が今、手にしているのはさっきベニヤ板だったものがまさしくヒコーキの翼の形になろうとしているところだった。

ぼくとジョンがボールド山に行って帰ってくるまで一時間もかからなかった筈《はず》なのだからそれはおそるべき早業だった。

「わあ。本当にヒコーキだ。賢三君、素晴らしいよ」

ぼくは思わず拍手した。

「ま、まだ、難しいのはこれからだから」

賢三君がなぜか少し困ったような顔をしてそう言った。

「もう、すっかりゼロセンだよ」ぼくは言った。

「ゼロセンって何？」

裕が聞く。

「戦争のとき活躍したヒコーキ。世界で一番速くて強かったんだ」

ぼくは本当に感心していた。工作はぼくも好きだったけれど迷うことが多くて、何か作るのにも出来上がるまでにいつもすごく時間がかかる。だから賢三君の手際にはまったく感心した。

「その胴体はどうやって削ったの？」

いちばん手間のかかりそうなヒコーキの流線型の胴体のスマートさにとにかく感心した。

「これはカ、カンナで削ったんだ」

賢三君はまたしても少し困ったような顔をしていた。

ぼくも学校の工作などでカンナを使ったことはあるけれど、カンナの刃をどのくらいソトに出すのかが難しくて、まるで何もないように空滑りしてしまうか、刃のだしすぎでいくら力をいれてもまるで動かない、ということのどちらかで、一番使いづらい道具だった。

少し気持ちを落ちつかせて周りを見ると、ヒコーキの胴体を置いてあるとなりに水の入った洗面器がありその中に砥石《といし》が見えた。

「包丁だって砥石にかけるとぜんぜん切れあじが違うよ」

いつだかつぐも叔父が母にそう言っていたことを思いだした。そうなんだろう。賢三君は自分の父親、つぐも叔父のやっていることを小さい頃から見ていて、父親のいないときなどにたぶんいろいろ真似事《まねごと》をしていたのだろう。

ベニヤ板から切りだした翼を胴体の下にクギで打ちつける。それから尾翼の部分にとりかかる。ベニヤ板はやわらかいのでノコギリで形を整えるのも早かったようだ。

凄いなあ、と感心したのは操縦席だ。以前、つぐも叔父がニワトリ小屋を作ったとき金網の切れっ端がいろいろ残っていた。賢三君はその金網を小さく切り三重ほどにして機体の上にとりつけていた。そうすると金網の網の目が複雑に小さくなり、さらに沢山の細いハリガネ状の切れ端の何本かを木の機体にキリで穴をあけ、そこにこれらの主だったものを差し込んでいた。そのようにやると写真で見るゼロセンそっくりになった。

「わあ」

裕が歓声をあげ、ぼくは手を叩《たた》いた。

「で、でも、これで完成じゃないんだ。空に飛ばさないと……」

賢三君が言った。

「空に飛ばすなんて……」

ぼくは、これに脚の車輪をつけてもう十分完成だと思っていたのだけれど、賢三君の考えは違っていたらしい。

「ゼロセンは、と、飛んでいるときは、脚を胴体に、み、みんな引っ込ませているんだ」

ぼくはそれまで、完成したらそれを手に持って紙ヒコーキのように手で飛ばすのかな、とばかり思っていた。そういうふうにしても紙ヒコーキとは重さも構造もまったく違うからそれではたぶん落ちたときに衝撃が強すぎてあちこち壊れてしまうだろう。それではあまりにももったいない。飾っておくだけでいいじゃないか、と思っていた。

賢三君はいろんなことを考えていたらしく自分の部屋の押し入れに頭をつっこむと、荷造りのときなどに使う麻紐《あさひも》の束を取り出してきた。

それからほぼ完成したゼロセンを持ち上げあちこち眺めながら片一方の翼にキリで穴をあけはじめた。その穴に麻紐を差し込み、きつく縛る。賢三君の空飛ぶゼロセンはそれでおおかた完成したようであった。

作り出してからまだ二時間ぐらいしかたっていない。

その日曜日は午前中からいろいろ予期していないことがおきた。賢三君のヒコーキがあと少しで完成する頃にいきなり「カメさん」がやってきたのだ。

「カメさん」というのはもっぱら町の人々からの愛称で、本名は誰も知らない。体が大きく顔の半分ぐらいは白と黒の髪と髭《ひげ》で覆われていた。いつも同じようないろあいの大きなモンペのようなものをはいており、季節にかかわらず地下足袋《じかたび》をはき、なぜか垢《あか》でピカピカするような学生服を着ていた。そうして必ずリヤカーをひいていた。

カメさんはあまりモノを言わない。人嫌いでふだんは山にこもっている、と言う人もいれば寺や神社の片隅を住処《すみか》にしている、と言う人もいた。ときどきリヤカーをひいてあてずっぽうにいろんな家を訪ねてあるき「穴掘り、薪割《まきわ》りはねーか」といつでもどこでも同じことを聞いていた。

住所不定の流れ者、というわけだけれど町の人から疎んじられることはなかった。その頃は各家庭で出るゴミは燃えるものなら風呂のたきつけにし、燃えないものや生ゴミは庭の広い家だとその敷地のどこかに穴を掘りそこにためていた。

あらたにゴミがたまって穴にはいりきらないようになると同じ敷地の別のところに穴を掘り生ゴミでいっぱいになったそれまでの穴には土を被《かぶ》せる。ひとつの穴を掘ると一般の家庭だと一カ月ぐらいはそれで足りた。穴の中のゴミはゆっくり腐敗していき、やがてその殆どは土に同化していった。

カメさんの力仕事の「穴掘り」は老人しかいなくなってしまったような家では大助かりだった。薪割りは老人たちの家だけではなくて普通の家族構成の家でも主人が勤め人だったり農家で昼間は夫婦が農作業に出ていかねばならないところでは重宝がられた。体が大きいわりにはこまかいところまで気がきいて、割った薪を束にして軒下に積み重ねておく、ということまでしてくれた。その頃の家の風呂はまだ薪を使うことが多かったのだ。

カメさんにそういうことを手伝って貰《もら》った家は半紙に百円とか二百円などをくるんでお礼とした。現金ではなくコメや粉、野菜、果物などを渡す家などもあった。

カメさんは留守の家にもやってきてゴミ穴の様子や薪の残り具合など見て自分で判断してやっておいてくれることもあった。そういう家は、そのことを覚えておいて、カメさんとそのあと出会ったときにそれなりのお礼をしていたようだった。

だからカメさんは町の人にとても愛されていたが、体が大きくて髭ぼうぼう、素顔がよくわからないほど垢や煤《すす》で汚れた容貌は小さな子にはひどく異様に見えたようで、カメさんがやってくると泣く子も多かった。それを利用して何か言うことをきかずにしつこく泣いたりしている子に持て余した親が「そんなことでいつまでも泣いているとカメさんがくるよ」などと言って脅かして黙らせる。口先だけだがひどいことを言う親もいたのだ。

そのカメさんがその日、ぼくたちがヒコーキ作りに夢中になっているときにやってきたのだ。ぼくの家はつぐも叔父がカメさんのやるような仕事を休みのときにみんな済ませてしまっていたのでカメさんがきてもとくに頼まねばならない用はなかった。

だからぼくは門のところに行ってカメさんに「今のところは大丈夫です」と断らなければならなかった。カメさんは殆ど喋《しやべ》らないが、こちらの言うことはかなりのところまで理解しているようだからそれで問題はなかったとはいえ、そのまま帰すのはなんだかすまない気持ちになってしまうからちょっとぼくは困ってしまった。そのとき、まだその日はニワトリ小屋からタマゴをとってきていない、ということに気がついた。毎朝そのタマゴを持ってくる仕事はぼくが第一責任者。賢三君が第二責任者になっていたから、まだタマゴはニワトリ小屋にある筈だ。

ぼくは裕にタマゴをとってくるように言った。裕は走ってニワトリ小屋に行き、まもなく両手で大事そうにタマゴを持ってやってきた。

「最近ぼくのところでニワトリを飼いだしたんで、こうして毎日タマゴが手に入るんです。持っていって下さい」

ぼくは言った。

カメさんはいつものように何も言わなかったがすっかり理解したようだった。

両手で大切そうに三つのタマゴをうけとり、カラーがとれて何年も経《た》っているような学生服のポケットにそれらをやはり大切そうにいれた。そうして少し頭をさげ、またリヤカーをひきながらぼくの家の前を通過していった。カメさんのひいているその日のリヤカーにはドンゴロスの袋に何か農作物が入ったようなものがひとつだけ載せられていた。


お昼の時間までまだだったから、賢三君の作ったヒコーキを飛ばしに行こう、ということになった。その段階になると賢三君のヒコーキを飛ばすのは普通に手で投げるような方法ではないな、ということがわかっていたけれど実際にはどうするのか、まだぼくにはすっかりとはわからなかった。ヒントは最後のほうの段階で翼の端に麻紐を結びつけたことにあるな、ということはわかっていたけれど。

賢三君に聞くと飛ばす場所は、この家の庭ぐらいの広さがあればいいという。でもまわりに木や建物がないこと、というのが大事な条件だった。

少し考えたが、いつもジョンを散歩に連れていく近くの田畑の中の少し高くなって続いている道が頭に浮かんだ。賢三君に話すと「ああ。あ、あれだけ広ければ十分。ま、まだ本当に飛ぶかどうかわからないしね」と、さいぜんから同じ、なんだか困った顔をしてそう言った。

ぼくと裕、そして賢三君、さらにジョンという順番で家の門から飛び出した。目的の場所まで走って五分もかからない。その季節、まだ枯れ田が多かったから場所にはまったく問題はなかった。

「ねえ、早く飛ばしてみて」

裕が飛び跳ねるようにして言った。

賢三君はヒコーキの翼に結びつけた麻紐の残り全部を足もとにそっくりたらし「ま、まだ実験だからね」とちょっと遠慮っぽい口調で言った。

「で、ではやるからね。そ、その前にみんな、そ、その場所でしゃがんでくれないかな。悪いけれど」

そう付け加えた。

ぼくたちはすぐにしゃがむ。ジョンだけは別だ。大勢で散歩に出るのはこの上なく楽しいけれどどうして先に進まないのかな？　とジョンなりにいぶかしく思っているようだった。

賢三君はヒコーキの本体を手に持つわけではなく、翼につけた紐を両手にしっかり持ってヒコーキを地面から三十センチぐらいのところにぶらさげるとそのまま自分の体をぐるぐるまわし始めた。まわしながら手にした紐をどんどん延ばしていくのがわかった。ヒコーキは賢三君を中心にイキオイよく回転していき、賢三君が紐を延ばしていくと飛ぶヒコーキもその距離を延ばしさらに高くなっていった。

簡単な仕掛けだったけれど、そのようにやるとヒコーキは本当にぶんぶんイキオイを増して空中に飛びあがっていくように見えた。

「やった！　やった！」

裕がカン高い声で叫ぶ。

裕の歓声に励まされたのか賢三君は紐をさらにまた大きく延ばしたようだった。賢三君はときおり少しフラついたがそれでも賢三君のヒコーキは確実に高度をあげていくようだった。なんだかわからないままジョンが枯れ田にむかって走りだしていく。賢三君のヒコーキを追っているようだったが、当然ながらジョンにはまったくどうにもならなかった。

怒りの茶碗蒸し

母は何かと人づきあいがよく、いつのまにか沢山の人と仲良くなってしまうので、家には母の知り合いという人がいろいろやってきた。でもぼくと賢三君と裕《ひろし》ら子供たちにはほとんど関係はないので、そういう人と顔をあわせると、せいぜい互いに少し笑い顔などを見せる程度で、「コンニチワ」などと挨拶のコトバをかわす人は半分ぐらいだった。

でも一人だけ「きょうじやのせっちゃん」というおじさんは、ぼくたちとたいへん仲がよかった。せっちゃんは小柄で丸くふくらんだような顔をしていた。しかもいつも笑っているような平和な顔なので、せっちゃんと顔をあわせるとぼくたちも単純に嬉《うれ》しい気持ちになるのだった。

せっちゃんはいきなりオート三輪でやってきて、「おーい、君たち毎日ちゃんと勉強やってるかあ」などと大きな声で言う。ジョンにむかっても同じことを真剣に言うので、そういうところが断然面白かった。

ジョンは自分の名を呼ばれると必ずそっちにむいて激しく尾を振る礼儀ただしい犬だけれど、ぼくたちがジョンに喋《しゃべ》っているほどには、せっちゃんが言っていることはわからないから、「どうしたらいいですか？」というような顔をして、ぼくたちを見るのだった。とくにぼくを探してそういう顔をする。せっちゃんは玄関に行く前に、ぼくたちが今やっている遊びの話などをいろいろ聞いてくることが多かった。少し変わったおじさんだったけれど、たぶん無類の「いいヒト」だったのだろう。

ぼくはまだせっちゃんのやっている「きょうじや」という仕事の内容をまったく知らなかったけれど、母の舞踊教室の熱心なお弟子さんであり、仕事としてもそこそこ母の教室とつながりがあるらしい、ということぐらいまではわかっていた。

せっちゃんの乗ってくるオート三輪は中古のオンボロだった。ぼくの家には車庫などなかったので、家の前の小道からするする入ってきて、庭の真ん中へんのちょっとあいている場所に停《と》めていた。せっちゃんはエンジンを切ると、ぼくや賢三君や裕などに、そのオート三輪を自由に触らせてくれ、運転席に座ってそれを走らせるようなフリをすることなども自由にやらせてくれたので、そういう意味でもぼくたちには人気ナンバーワンのおじさんだった。

その型のオート三輪の運転席には一人しか乗れなかったけれど、後部に小さな荷台があって、そこに最初のジャンケンで負けた二人を乗せて、ハンドルなんか動かすフリをしているとけっこう本物のオート三輪に乗って走っているような気分になり、それを三人でかわりばんこにやっていた。

母親の舞踊教室のお弟子さんにはもう一人、ぼくたち子供に人気のある「美人のやまもとさん」というおばさんがいて、駅前で海苔《のり》とお茶を売っていた。海水浴や潮干狩りの客が夏など大勢やってくるようになると、店を拡張し、海苔とお茶のほかに殻つきのピーナツや海苔巻などの品目に手をひろげ、それが当たったようだった。

この「やまもとさん」はミボウジン会の会長をやっていて、学校給食がはじまるまでは小学校のお昼時間にあわせて、学校近くの神社の境内を横切る道端に、戸板を四枚ほどリンゴ箱の上にならべて屋台らしくし、パンなどを売っていた。もちろん人手がいるのだが、ミボウジン会のおばさんたちがその店での販売に集まってきて、けっこう子供の人だかりを呼んでいた。

「やまもとさん」はミボウジン会の会長だから、もちろん本人も戦争未亡人を名乗っていた。母の即席の「舞踊教室」にその「やまもとさん」が加わってきたことで、母はなにか大きな自信を得たようでもあった。

母の舞踊教室には中年のおじさんなどが加わっていたが、その理由はほっそりして着物が似合う「やまもとさん」が目当てだ、とひそひそ言う人がけっこういた。

「やまもとさん」は、お稽古の日はいつも買い物籠のなかにいろんなお菓子をいれてきて、ぼくたちと顔をあわせると必ずその籠のなかに入っている袋入りの菓子のひとつを「あいよ」と言って渡してくれた。ぼくたちにくれるのはいつも紙袋に入っているので、それは他のおばさんたちと稽古のあいだに食べたりする茶菓子とはべつに、ぼくたち子供用に用意してくれているらしいということがわかり、ぼくは「やまもとさんもつくづくいいひとだ」と賢三君や裕などと言いあった。

「つくづく」なんていう言葉を、実はその頃のぼくたちはよくわかっていなかったのだけれど、母親が「やまもとさん」のことを話すときに決まって、「つくづくいい人だ」と言うのを聞いていたから、ぼくたちからすると「やまもとさん」と「つくづく」という言葉はいつでもぴったりくっついたものになっていたのだった。

もうひとつ「やまもとさん」といえば「野性的」という言葉が特別にくっついていて、ぼくたちは真似《まね》してよくその言葉を使った。もちろん漢字で書く「野性的」という意味とは少し違っていて、やはりひらがなの「やせいてき」だった。

ぼくたちがそういうふうにいっぱしの言葉を使うようになったのは、母親が家の夕食のときなどにお弟子さんの話をいろいろすることがあって、「やまもとさんの戦死したご主人は、タクワンを切らずに一本つかんでそのまま食べてしまうようなやせいてきな人だったらしいのよ」と言っていたのが、強烈な印象になっていたからだった。「やまもとさん」はそう言っても、けっして旦那さんをケーベツしているわけではなく、けっこう自慢げに聞こえるのが不思議だった。

　ぼくはいつも上品そうな着物を着て家にやってくる「やまもとさん」と、タクワンをまるかじりしていた昔のその旦那さんというのが頭のなかでうまくつながらず、むしろときおりあらわれるボロボロの「カメさん」とイメージがかさなってしまったりしてどうもこまった。

もうひとつその頃に初めて聞いて完全におぼえてしまった言葉に「しゃなりしゃなり」というのがあった。言いだしたのはつぐも叔父《おじ》で、母の舞踊教室のために畳敷きの部屋を板敷きに替える大工仕事をやっていたつぐも叔父が、新しくなった板敷きの部屋を「ぬか」を袋にいれたもので念入りに拭いていく仕事を手伝っているぼくたちに、「こういう板敷きの表は、しゃなりしゃなりと踊る人の足袋《たび》やら、着物の裾やらがちょこっとでん板のササクレにひっかかると大ごとやけん、念ば入れて丁寧に仕上げないかん」と言っていたのが、妙に印象的な言葉として、ぼくの貧弱な語彙《ごい》のうちのかなり高い位置に加わってしまったのだった。

結婚した夫の勤め先の関係で韓国に行った姉の夏子からは、なかなか手紙もこなくてその後の様子がわからなかった。ときおりそのことで心配顔になったり怒った顔になったりしていた母が、学校から帰ってきたぼくたちにまっさきに、夏子姉さんから二度目の手紙と小包がきた、ということをおしえてくれた。その時間はまだ踊りの教室をやっているので、手紙に書いてあった詳しい話はできず、とにかく新しい生活を始めるというのは毎日忙しすぎるのでゆっくり手紙も書けなかったという事情が書いてあり、最近はようやくカタコトだけれど日常生活の買い物ぐらいは韓国の言葉も少しだけ使って通じるようになった、という程度のことだけつたえ、母はまた慌ただしく稽古場のほうに戻っていった。

　経済的な理由と、まだ国際電話の回線が確実ではなかった時代だったので、いったん外国に行ってしまうと国によっては電話で話すことさえ難しくなるから、何カ月かぶりの手紙は、気持ちがパッと明るくなるほど母には嬉しい出来事だったのだろう。

　ぼくは姉が元気なことを知ったのは母親と同じくらい嬉しかったけれど、それとは逆に次兄のタカシがこの頃ちっとも帰ってこないのが少し気になっていた。タカシとぼくは六歳離れていて、幼い頃からあまり仲がよくなかったのだけれど、今の状態は家出そのものではないか、と思ったのだ。だからその日の夜、母から姉の丁寧な丸文字の手紙を見せてもらったときに、ぼくはタカシのことを聞いた。まだ高校生なのにこんなに家に帰らないのは心配じゃないのか、と。

タカシは自分にあてがわれていた部屋を無断で踊りの稽古場にされ、その部屋に置いてあった私物や本などを、つぐも叔父親子が住むようになった庭の家作の、もうひとつの部屋に移動させられていた。タカシはそのことを知って猛然と怒り、それからいっさい帰宅しなくなってしまったのだった。

タカシがどの町にいてどんなところで寝起きしているか、ということはどうやら母と長兄は知っているようで、母も兄もそのことについては自分からはぼくたちに何も話さない、というのがそれはそれでなんだかヘンだった。

「タカシはまったく心配ないから」

と、母はそのことについてはやはり簡単にそう答えるだけだった。

つぐも叔父は海岸沿いにある「かいばい工場」に臨時雇いとして、毎日決められた時間に勤めに出るようになっており、夜は特別遅くなるときを除いて、自宅でみんなと一緒に食事できることになった。つぐも叔父が勤めるようになった「かいばい工場」は、海岸に行くと異様に大きい建物がよく目立つので、ぼくがその海岸沿いの町に越してきた最初から、気になったところだった。

そこでの仕事は簡単にいうと、毎日沢山運ばれてくる貝殻を機械でこまかく粉砕して、白い粉にすることだった。粉砕した貝の粉は一度強い火で焼いて漆喰《しっくい》の原料などにするので、沢山の材料を必要としていて、やがて地元の海岸にちらばっている貝殻では足りなくなって、近隣の同じような遠浅海岸のある町から船やトラックで運んで材料にするようになっていた。

工場は三階建てのちょっと複雑な形をしており、けっこう幅の広い緩い傾斜のスロープが三カ所で曲がりながら一番上の三階まで続いていた。そこでいちばんきついのは、モッコにたくさん詰め込まれた貝殻を背負ってそのスロープを上がり、三階まで運ぶ作業だった。重労働なので賃金は他のどの臨時雇用の仕事よりもよかったが、体がそうとうに頑健でないとできない仕事のようだった。

三階のてっぺんには三本の煙突が立っていたので、何も知らない人が見ると、そこで何を作っているのかまず見当がつかない筈《はず》だった。内部では粉砕された貝殻のもっともこまかい粉末を分厚い紙袋にいれる作業をしていた。そのため貝の粉末が霧のようになって工場内部に常に充満しており、そこで働く人たちは、一日中てぬぐいかタオルで鼻と口を覆っていないと、肺に貝の塵《ちり》がたまって病気になると言われていた。

夏などはそこに太陽の熱が加わるから黙って立っていても汗が全身をつたって足裏まで流れてくるほどだ、と言われていた。そこに勤めはじめたつぐも叔父も事実その通りだ、と工場の内側の熱地獄の話をしていた。

つぐも叔父の遅い夕食につきあってのことか、母とつぐも叔父が、かいばい工場の話をしているのをぼんやり聞いたことがあった。昼のすさまじい肉体労働とビールの酔いで気が緩んでいたのか、つぐも叔父はめずらしく酔った口調でそのありさまを話していた。

「あそこからは絶対死人が出るばい、姉さん」

と、つぐも叔父は言っていた。

「あそこの内側ときたら、ようやく贅沢《ぜいたく》なとこで出始めとう工業用の大型クーラーやらなかし、扇風機は貝の粉をやたらあたりにまき散らすだけやけんまったく使えん。そいで普通の日の昼で軽く四十度は超えとうけんね。賃金がいいから男だけじゃなく、この頃は女ん人も入ってきとう。男はふんどし一丁ですますばってん、女はしまいにズロース一枚のストリップになってしまう。そのズロースも汗でびしょびしょやけん、裸のごとなる。今はおばさんが多いけん何もおきんけど、いつか若い女が入ってきたら興奮したオヤジにどげなことされるかわからんぞ、と外側で働いているわたしらは言いよるとよ」

　つぐも叔父が言っているのがどんなコトなのか、ぼくにはもうわかっていた。それから話はつぐも叔父らの労働の厳しさにうつり、重いモッコを担いでスロープを上がる仕事は暑さにやられてクラクラして、スロープから落ちたらやっぱり命がないような具合になる、という話になった。

　だからひる休みの時間になると、外働きの人も内働きの人もみんな工場の大きな建物がつくる日陰に行って、各自持ってきた弁当をひろげ、まず大量の水と塩を舐《な》め、それからガツガツと競争するように弁当を食うのだという。ガツガツと食うのは、食後の休憩時間を少しでも多くして体を横にして眠りたいからだという。

　一日の仕事を終えて帰ってくるつぐも叔父は「外働き」だったけれど、どうしても細かい貝の粉を全身に浴びるので、仕事終わりのときに工場で全身を洗っても、それでもまだあちこちに白いものが頑固にこびりついており、顔を見ると白いまばらな化粧をしているみたいで、申し訳ないけれど慣れないぼくたちは、どうにもおかしくてみんなで笑ってしまうのだった。

「こん家は、昼には顔に白粉《おしろい》をつけたおばさんが出入りして、夜になるとわしみたいに同じのごと白い化粧顔の人が出入りしている、めでたい家なんやけん」

　つぐも叔父はそう言って、母やぼくたちを笑わせてくれた。

　つぐも叔父は、ぼくの家に賢三君と住み込むようになる前までは、一人で海岸の半分壊れたような漁師小屋で暮らしていて、主に十人乗りぐらいの大きな木造船である打瀬船《うたせぶね》に乗り込んで沿岸漁業をしていたから、漁師などに知り合いはまだ沢山いて、かいばい工場から帰宅するときも、「浜でおうて、もろうてきたけん」と、市場には出せない小さすぎる魚や、足のとれたガザミや雑種の貝類などを土産《みやげ》に持ってかえってきた。

ガザミはその菱形《ひしがた》のかたちから、ぼくたちはもっぱらヒシガニと呼んでいたが、そのほかの具と一緒に味噌汁《みそしる》などにすると、世のなかにこれほどうまい味噌汁はない、などとみんなで言いあうほどいい味だった。

それらは時間のないときは茹《ゆ》でるだけでいいので、さっそくその日の夜のおかずになったし、量が多いとつぐも叔父が翌朝身とキモだけを使って作った混ぜご飯のリッパな弁当になった。

つぐも叔父は海浜の臨時雇いなどで、土地の人からいろいろ聞いていて、形がわるかったり小さかったりして市場に出ないものの、料理方法というか処理方法次第で、とてもおいしく食べられる、遠浅海岸の獲物をそのほかにもいろいろ知っていた。

いちばん感心したのは、その海にはたして何億匹いるかわからない、稚児蟹《ちごがに》とよばれる小さな蟹をたくさん茹で、それをそっくり擂《す》り鉢《ばち》でこまかくして味噌にまぜて団子にする、魔法のような料理だった。

小さいといっても蟹だから、その殻まではたして人間が食べられるのだろうか、と思って見ていたが、あまりにも小さいので蟹の殻も火力と擂り鉢の威力にはかなわず、けっこう柔らかく細かく粉砕されて、水をいれてほかの野菜と少し長めに煮込むと、もともと味噌を団子の繋《つな》ぎにしているので、それだけで味噌ダシと具が一緒になって、ごく普通にバリバリ食べてしまうことができた。

そんなこんなしているうちにちょっと予想もつかなかった話の展開があった。知り合いの多い母のもとにはいろんな話が舞いこんでくるのだが、長兄に「お見合い」の話が、具体的な形になって飛び出してきたのだ。

長兄はもともとぼくとは異母兄弟だから、ぼくより十九歳上の三十一歳だった。それまで独り身でいたのが不思議なくらいだったが、父を亡くして一家を支えていくために仕事量を増やし、せっかく得たお得意さんに去られないようにどこでも丁寧な仕事をしていたので、結婚を前提とする恋愛などにさいている時間などなかったのだろう。

長兄は戦争時、海軍の砲兵だった。南方戦線で右膝に砲弾の破片が突き刺さったが、運よく近隣にかなり規模の大きな野戦病院があって、そこで治療をうけているうちに終戦を迎えた。長兄はそこにいたる一連の戦争体験をあまり語らない人だったが、まだ父が存命中にかなり気持ちが解放された出来事でもあったのだろう。あるいはなにかの話がきっかけで、父から食堂のテーブルに南方の島の野戦病院のときの写真アルバムを持って来なさい、と言われたのかもしれない。

そのいきさつはまったくわからないのだが、とにかく長兄が持ってきた土色の表紙のアルバムのなかの風景は、初めて見る風景でもあったので、その写真のことはかなり鮮明にあとあとまでの記憶となった。

ブローニー判の小さな写真には病衣姿の兄がいた。背景に写っている南国の樹々《きぎ》の葉が印象的だった。

青年というよりもまだ少年っぽいおもかげの兄は、写真のなかで緊張した笑顔を見せていた。その笑いは照れと安堵《あんど》がないまぜになっているような気がした。古びた写真の何枚かには看護婦さんが写っていた。どの人もはじらいのある笑顔を見せていて、同じくどこかを怪《け》我《が》した病衣姿の日本兵が何人か写っていた。みんな揃《そろ》っての記念撮影ふうのものもあった。長兄が松葉杖《まつばづえ》によりかかっている写真もあった。

それらのアルバムの写真を、当時住んでいた一家全員がテーブルの上に頭を突き合わせて見ていた記憶が鮮明だった。みんなして兄を話題にして笑いあっている、というかんじで、長兄は不思議に照れていたが、そんなふうな長兄の反応は初めてだったので不思議なかんじがした。

父がそんなアルバムを、食事の終わったあとの食卓に持ってこさせたのは、なにかのきっかけで特別な思いが父の脳裏に横溢《おういつ》したからなのかもしれない、と後年考えるようになった。

ぼくはその病衣姿の兄の、何が一家中の笑いのもとになっているのか、その場ではまったくわからなかったけれど、あれはこの家の楽しい日の夕食後だったな、という記憶は年齢とともに次第に大きくなっていくような気がした。

もしかすると、兄がとくに大好きな看護婦さんが写っていて、それがひやかしや笑いのタネになっていたのかもしれない。

復員兵として帰国した兄の右の膝は、まったく曲がらなくなってしまっていた。そういう大怪我をしつつも、そしておそらくまだ無事に帰国できるかどうかわからない状況下で、穏やかな笑顔を見せている長兄の顔は、どこか不思議な世界にいる人のように見えた。

三十一歳にいたるまで兄は、自分の身の回りのヨロコビであるはずの結婚など、ほとんど考えることができないでいた。

急に飛び込んできた兄の結婚話は「お見合い」から考えましょう、ということになったようであった。長兄がめでたく結婚することになったら、寂しくなっていく我が家に、大きな新しい花が咲くような気がして、ぼくはその結婚がうまくいくことに希望のようなものを持った。

母親の舞踊教室は、毎日何人かのお弟子さんがやってきて、けっこう華々しく実質的にはもう始まっていたのだが、正式に世間にお披露目する、という目的で「おさらい会」という催しがひらかれることになっているようだった。

そのような会は、だいたい大きな旅館の大広間などでとりおこなわれるらしいが、お弟子さんの数や会に招待する人の数もわかってきて、自宅のある町から電車で三つ目の駅の近くの、そこそこ歴史や貫禄《かんろく》があり広間も大きな割烹《かっぽう》旅館が割引で予約できたので、そこで行われることに決まった。

その頃になると母をとりまいている幹部のような人が十人ぐらいいて、それぞれ得意とする仕事の分担があったし、まだ若い人が多かったから、グループに分かれて準備をすることに決まったようだった。

母から見せてもらった会場となる店の名は、割烹旅館「喜楽　きらく」といった。漢字だけでなく、同じくらいの文字の大きさで「きらく」と書いてあるのがちょっと不思議だったが界隈《かいわい》では有名な老舗《しにせ》らしかった。

会の準備をしつつ、晴れの舞台に立つお弟子さんの稽古にもがぜん力が入ってきたようだった。それまではレコードを主体にしたお囃子《はやし》だったが、以前頼んでいて数回きてもらった小太鼓と三味線の鳴り物が入り、お披露目と同じような稽古がはじまった。そうしてぼくの家は全体にえらく騒々しくなった。面白いことにジョンは縁の下の住処《すみか》にこもりがちになり、あまり外に出てこなくなった。

同時に人間のほうでも、ちょっとした揉《も》め事《ごと》が起きているようだった。ぼくはあまり関心がなかったけれど、ときおり疲れて帰ってきた長兄を前に母が愚痴をこぼしているので、嫌でも理由がわかってしまった。

要は「お披露目」のときの踊る順番だとか、一同揃っての挨拶のときの微妙な座り位置などで、ちょっとした力関係のぶつかりあいが起きていたようだった。

そういう愚痴話がはじまると、ぼくはたいてい別の部屋とか賢三君のところに逃げてしまった。そうするとジョンが、待っていましたとばかりぼくたちのところにとんできた。長兄は遅い夕ごはんを食べながら、辛抱強く母親の愚痴まじりの話につきあっているようだった。


その日はぼくも賢三君も裕も、なんらかの手伝いをさせられることになっていた。そうなると家にはジョンしかいなくなってしまう。でもジョンがいれば、ある程度は番犬の役にたつ。ぼくたちのあとについてこないように、その日は気の毒だったけれど首輪をつけて、庭の真ん中のせんだんの木の根元のあたりにつないでおくことにした。どうやらせんだんの木を自分のものと思っているらしいネコのハチが、こちらの気のせいか、ちょっと気にいらない顔つきをして、庭でその次に居場所のいいところを探しているようだった。

偉いなあ、と思っていたのは双方「はなし飼い」であるのに、ジョンとハチがまったくケンカをしないことだった。むしろ犬小屋などがあったら、ジョンとハチは一緒にそこに住みそうな気配さえあった。

当日の昼近くに、「きょうじやのせっちゃん」がいつものオート三輪でやってきた。その頃になってぼくはようやく、「きょうじ」というのが「経師」と書き、町中の店でやっている仕事は、「ふすま」の組立てや張り替えなどが主なものである、ということを知った。

親切で人のいいせっちゃんは、母に「おさらい会」で使いたい屏風《びょうぶ》を、一日だけ借りてきてくれないかと頼まれていたようであった。せっちゃんは舞台で使う小道具やレコード、それに母に頼まれ探してきてくれた金屏風を、オート三輪の荷台に無理やり積んできてくれたのだった。

屏風は小型のものだったけれど、開くとけっこう大きなものになるから大丈夫、と母に言っていた。とはいえ高さが二メートルもあるので、オート三輪の荷台から上にまるで帆かけ船のように大きく出っ張ってしまう。

わが家に来るまでは、全体を敷布のようなもので覆い、布紐《ぬのひも》でオート三輪の車体にしばりつけてきたが、やはり向かい風には弱く、異様なほどの低スピードでノロノロと、なんとか吹き飛ばされないようにたどりついたんです、と半分泣きそうな顔で言っていた。

わが家からは、ぼくと賢三君が荷台の両端に座って、屛風をしっかりおさえたので、そこそこのスピードが出せるようになった。弟の裕は、運転席のせっちゃんの隣にしゃがんでいくことになった。そのためにせっちゃんは、古いシートを座布団がわりに裕の席として敷いてくれていた。どうもまるっきり交通違反だらけのクルマになっていたが、当時はその程度のことは誰も（つまり警察も）ぜんぜん問題にしていなかったのだ。

「おさらい会」の会場には、普段家で見慣れた着物を着たおばさんがいるほかに、参加者の誰かが連れてきたらしいその一族の数人がかたまっていて、ところどころに場違いなスーツ姿のおじさんがいたけれど、母とか死んだ父親とむかし商売でつながりがあった、というような、いずれも舞踊などとは関係ない、少し困ったような顔の人がバラバラにお膳の前に座っていた。

連絡の手紙を送り、出席の回答を得ていた人があまり来ていないのと、母のお弟子さんで当日いろんな役割のある人たちの姿が見えない、という〝事件〟が起きているらしい、ということもわかってきた。したがって、どうやら母が予想していた大勢の人は集まりそうにもなく、どちらかといえば、日頃ぼくの家の練習用舞台でやっているのとたいして様子はかわらないように見えた。

八十席用意された大広間はいやに空席が目立った。それでも予定どおり「おさらい会」ははじまり、母は晴れがましい席のはずなのに、いまにも泣きだしそうな顔をして、それでも気丈に最初の挨拶と初踊りというのがはじまった。

集まった客は予定していた半分と少しぐらいで、確実にやってこなければいけないはずのお弟子さんの大きなグループと、その関係者がこぞって無断欠席しちまったらしい、ということが次第にわかってきた。そのグループぐるみの欠席も、みんなで計画的にしめしあわせたらしく、その首謀者はどうやら「やまもとさん」らしい、ということもだんだんわかってきた。

つぐも叔父に、「子供はもう外に行かんや」と言われて、ぼくたちは近所にある公園などで遊んでいて、おさらい会が終了になる頃にまた喜楽に戻り、持っていった荷物を回収する仕事を言いつけられた。時間になったので喜楽に戻ると、会場はなにやら殺伐とした雰囲気になっていた。

宴席では、料理にまったく手がつけられていないお膳が、三分の一ぐらいズラリとそのまま並んでいた。

「君らは昼飯食っていなかったんだろう。後でわかったけれど、みんなあのときは興奮しちゃって、君たち子供らの食う物の用意を忘れていたようなんだよ。だからなにか食いたいものがあったら、そこらのお膳からなんでもどんどん食べていいよ。どうせ残したって料金は払うんだからサ」

せっちゃんが言った。何時《いつ》もと違って笑顔というものがなかった。

でもせっちゃんの言うように空腹のきわみにきていたので、ぼくはためしに全然手がつけられていないお膳のひとつに座り、まずは蓋のついたお茶碗《ちゃわん》のようなものを覗《のぞ》いてみると、うまそうなダシとタマゴの匂いがした。全体が黄色いのでタマゴを使った料理であるのはわかる。ちょっと食べてみたら、これがまったく目を回したくなるくらいおいしいものだった。こういうときに「つくづくおいしい」と言うのだろうな、とぼくは完全なすきっ腹で考えていた。そいつはぼくがはじめて「茶碗蒸し」と遭遇した瞬間でもあったのだ。

手つかずのお膳はいっぱいあった。天ぷらとか刺身などが豪華にのっている。ぼくはさっき食べたものがあまりにもうまかったので、同じようにまだ蓋をあけていないものをかたっぱしから探して歩いた。三〜四十人前ぐらいのお膳は手つかずのようだった。ぼくは狩人《かりうど》のように、蓋付きの縦長の器を狙ってためらわずにずんずん食べていった。おいしいものを食べるときのジョンのように、喉をならしての連続一気食いだった。

ニワトリ鍋の夜

毎日ずんずん遊び、ときどきぼんやりし、いつも夕食が待ち遠しい、というような、自分なりに規則ただしい日々を送っているうちに季節のほうもずんずん進み、ぼくは中学生になった。

ぼくの住んでいる海岸べりにある町の中学で、家からの距離は小学校よりもずんと近くなっていて、そこの校庭はよく近所の友達と遊んでいる場所でもあった。

中学校には近隣の複数の小学校から新入生がやってくる。どこも小さな隣町というようなところからだが、交通の便が悪く、殆《ほとん》どの生徒は歩いて三十分前後かけて登校してくるようだった。

一番遠いのは屋敷《やしき》という山の中の村から通学してくる生徒で、男子と女子ひとりずつだった。山や田んぼ沿いの道をほぼ一時間かけて通ってくるという。名字は二人とも桑畑《くわばた》で名前が「信夫」と「花子」といった。名字は同じだけれど家族ではなく親戚ぐらいです、とぼくと同じクラスになった信夫は挨拶のときに言った。信夫と花子の住んでいる村は三十戸ぐらいで、その八割ぐらいの家がみんな「桑畑」という名字なので、大人も子供も名字は略し名前だけで相手を呼ぶようになっているという。

花子は中学一年というにはとても小柄で、そんな小さな子がほとんどひとけのない道を、信夫と一緒とはいえ一時間も歩いて通ってくるということに驚いた。

武石《たけいし》という町からは四十人ぐらいの生徒が入ってきた。山のほうに三十分ぐらい歩いていった川沿いの集落だったけれど、街道沿いに「武石神社」という結構立派で、そこそこ名前の知られた神社があるので、ぼくの住んでいる海岸べりの町とははっきり気質も気性も違い、町全体が「頑固」というイメージだった。

これら三地区からやってくる生徒がまぜこぜになってクラスは編成され、大体四十人単位で五クラスになった。

ぼくの小学校からは二十人ほどがよその中学に入学していった。その頃にはまだ少ない私立中学にわざわざ電車に乗って通う生徒がいた。

みんなそれぞれ事情があったのだろうが、通学時間が二〜三分というところに住んでいるぼくは、これで二十分は余計に寝坊できる、と喜んでいた。ただし注意しなければいけないのは、普段そこの校庭に遊びに行くときはいつも弟の裕《ひろし》や賢三君と一緒なので、必ずジョンもついてくることだった。弟の裕は小学二年生になった。

気になるのはいままでは賢三君と弟と三人で小学校に行っていたときに、あとを見送りにくるジョンだった。今度は裕は一人での登校になる。ぼくや賢三君が中学に行くのにジョンがあとをついてくるのをおさえても、ぼくたちとは別に家を出る裕のあとにずっとついていってしまいそうなことだった。

だから朝のその時間、ジョンは玄関にとじこめておくことにした。その役目は、日頃から何か考えることがいっぱいあるのだろうけれど、性格が基本的にのんびりしていて、自分でも「あたしはウッカリしているから」とよく言っている母だった。この役目はウッカリされると困るのだが、ぼくや弟が学校に行ったあと最低五分は玄関をあけてはいけないよ、というぼくの頼みを絶対確実に守るかどうかはわからなかった。

しばらく前に母が「おさらい会」でお師匠さんとして華々しく幕開きをしようとしたとき、お弟子さんの十数人が結託してそれをボイコットし、別の踊り教室をたちあげたのだが、その直後の母の怒りはすさまじく、一週間ほどは母が何か突飛な報復劇を起こさないか、長兄やつぐも叔父《おじ》がかなり真剣に注意してその怒りをとくのに力を割いているのが、ぼくの目からもよくわかった。韓国にいる姉に長兄がくわしくその顚末《てんまつ》を手紙に書き、姉から手紙でそういうのはよくあることだからいまは我慢したほうが……、という趣旨の手紙を書いてもらったほどだった。

春になり、その騒動の怒りの余韻もややおさまり、母の踊り教室には新弟子さんがやってくるようになり、また以前と同じくらいの賑《にぎ》わいに戻って、ようやくなんとか全体が落ちついてきている頃だった。

ぼくがいつもよりかたくなにジョンのとじこめを母に頼んだのは、中学校の庭はジョンの日頃の遊び場であり、校庭は同時に近所の人の犬の散歩場であったからだ。当時は学校の校庭などは町の人みんなが勝手に出入りできるおおらかな風潮があった。とくにぼくが住んでいた海辺の町は、たとえば浜辺のそこそこの面積を、個人が自分のものに絶対できないように、浜辺も校庭も全部みんなのものだった。

そこへジョンが一匹でやってきても、ジョンの性格上喧嘩《けんか》ということにはならないはずで、もし相手の犬の機嫌が悪いときはジョンはさっさとほかの場所の探索に行ってしまうはずだった。

ぼくが心配していたのは逆に仲良くなってしまって、ジョンがそのあと一緒にその散歩犬とどこかに行ってしまうことだった。そういうときはまあ犬の散歩をしている人がなんとかしてくれるだろうし、たとえジョンがどこか知らないところになにかの都合で置き去りにされてしまっても、やがて確実に家に帰ってくるはずだった。

ぼくは一年A組だった。詰め襟の制服は着慣れていないとカラーがじゃまで、首を斜めにさせると痛いくらいだ。家で試しに着てその感触を確かめてみたが、気分としてはロボットになった感じだった。賢三君も同じ母屋《おもや》の部屋でぼくと一緒に確かめていたが、「これは上を向いているほうが楽だよ」と思いがけない発見をした。やってみると下を向くよりはたしかに上を向いたほうが楽なようだったが、一番楽なのはまっすぐ前を向いて歩くことだった。

弟の裕はぼくと賢三君のそういう恰好《かっこう》を見て「戦争みたいだ」と言ったし、ジョンは縁側の向こうでうるさく吠《ほ》えていた。ジョンの場合は自分だけ仲間外れにするな、という抗議であるのがよくわかった。

賢三君はC組で、そのバッジが襟の一方につけられており、なんだかぼくより立派に輝いているように見えた。

ぼくのクラスには同じ小学校の顔見知りが半分以上いたけれど、全然クラスが一緒にならず顔はよく見ていたけれど名前までは知らない、という男女がけっこういていくらか緊張した。でもよく見回すと昭一とカッチンの顔が見え、女生徒ではオタマさま、というあだ名の米屋の娘が目に入った。ときどき話はしたけれどオタマさまはぼくとは反対にいつもキッパリしていて、ぼくには苦手なよく出来る子のうちに入っていた。

そんなわけだから、よその小学校からきた少数の生徒は顔つきだけでもみんな「しゃっちょこばって」いるように見えた。

担任は吉野和一という名の小柄な人で、クラスの男子の半分ぐらいは吉野先生よりも背が高かった。音楽が専科で小柄なわりには顔が幅広く、長い髪の毛がベートーベンみたいだな、とぼくはまっさきに思った。

教室に入ってくるときはなんだか無理やり背中を後ろに反らしているように見え、もし先生もぼくたちのように詰め襟でカラーがついている服を着ていたら、いちばん首への負担の少ない姿勢だな、とぼんやり考えていた。

教師はどうも厚い革のスリッパを履いているらしく、それをカツカツカツというかんじで力強く床に打ちつけながら黒板の真ん中にたち、さらに背筋をピンとさせた。

それからその姿勢のまま「じゃ、みんな着席」と言った。ドカドカと緊張の糸が一瞬でほどけたように、だらしない音をさせてみんな座る。小学校のときと違ってテーブルと椅子がくっついた一人用のものだった。なんとなく背の高さで配列されているようで、前のほうの席の生徒は男子も女子も小柄だった。

いつ背の高さを調べたのか不思議だったが、あとで入学前に学校に提出するいくつかの質問票に身長、体重を書く欄があったと仲間の誰かが言っていたので理由がわかった。

ぼくは一番後ろの席で、縦も横も男女の区画わけはとくにないようだった。

「いまみなさんが座った席はザンテイテキなもので、明日からの授業でキミたちの意見も聞きながら都合のいいかたちにしていくつもりです」

吉野先生はハキハキした声でそう言った。それから額に少したれさがった髪の毛を片手でサラッとかきあげた。

「ワッ、やっぱりベートーベンだ!」

ぼくはその瞬間、心のなかで一人でコーフンした。それから吉野先生がいま言ったザンテイテキという言葉はどんな意味なんだろうか、と考えた。考えてもわからないことだった。まっいいか、どうだって。

その次にそう勝手に思った。何がきっかけになったのかわからないけれど、その頃からなにかちょっと迷ったり困ったりしたときにぼくは、「まっいいか、どうだって」と思うようになっていた。

二人がいちどきに入学したのだから、この週末はお祝いに鳥スキヤキにしよう、と言いだしたのはつぐも叔父だった。

「お祝いはいいけど、そのトリはどこからどうするんだい」

と言ったのは母だった。金曜日の夕方で、その日は母の舞踊教室の舞台床の一部が軋《きし》むようになっていて、きょうじやのせっちゃんが縁の下から床下にもぐり込み舞台下の土台などを調べおわったところで、全身土で真っ黒だった。そこに仕事を終えたつぐも叔父が帰ってきて、母に「トリスキヤキ」のことを嬉《うれ》しそうな顔で言ったのだった。

縁の下にもぐっていたせっちゃんは勿論《もちろん》のこと、工場帰りのつぐも叔父も工場にあるシャワーを浴びずにきたのであちこち汚れている。ぼくと賢三君は役割になっているゴミ穴掘りを交代でやっていた。

どういうわけかジョンは家の庭に沢山のヒトがいると嬉しくてしょうがない、というのをモロにあらわにして、必ずせわしなく庭中を走り回る、という不思議な癖がある。

「トリはこん家におるじゃなかや」

つぐも叔父が言った。

「ええ？　あのウチのニワトリを？」

母は驚いた顔になった。

「だってそれじゃ可哀相《かわいそう》じゃない」

「こんころは大きかやつはタマゴをぜんぜん産まんやろ。もう大きかニワトリのやつは、タマゴの種が尽きとうとよ。そげなトリはしめとかんと、まだ産めるトリの害になるとばい」

つぐも叔父は言った。たしかにこのところずっと大きなニワトリのタマゴはまるで産まれていなくて、小さなほうが数日おきに二、三個とれるだけだった。

「なんだかこれまでいっぱい頑張ってくれていたのに、可哀相だけどねえ」

母は言った。でも母はいつも頭の切り替えが早かった。それでもう土曜日はニワトリの鍋になる様子だった。それからせっちゃんとつぐも叔父に、お風呂をわかしたからどっちからでもいいから汗を流しといで、とテキパキした口調で言った。

庭のゴミ穴には紙きれや瓶や缶類などはうめないように言われていた。それを守っていれば、大体一カ月ぐらいで土にうめた生ゴミなどは腐敗してあらかた土と同化していた。

ぼくと賢三君は、手分けしてその日四つの穴を掘った。そのうちのひとつは、大分前にすでにゴミをいれて土に戻ったあとのようだった。その穴掘りをしながら、入学したばかりの中学の話を互いにした。

ぼくはベートーベンの話をし、賢三君もまず担任の先生の話をした。

加藤という名で顔が角張っていて口がマミムメモの「ム」の形をしているんだ。賢三君は言った。ぼくは頭のなかでそういう顔を想像してみる。

「それからＡＢＣのＣをシーじゃなくてスィーって言うんだ」

「ふーん」

短いけれど賢三君の話は面白かった。

「この町を中心にして周辺のいろんな町の小学校から集まってきているけれど、ヘンな奴《やつ》はいなかった？」

「ウーン。ヘンな人はまだわからないけれど面白い人はいたなあ」

学年は同じだけど賢三君はぼくよりひとまわり小さい。だからよその町の弱い者いじめみたいなのがいたら知っておきたい、と思ったのだ。でもまだみんな顔をあわせたばかりだから、なにかあるとしたらこれからだ。

「その面白い人ってどういうの？」

「ぼくの隣に座っていたんだけれど、ぼくはタマシイをよく見るんだ、君はタマシイを見るかい、っていきなり聞いてきた」

「タマシイってあのヒトダマなんかのかい？」

「うん、どうもそうらしい。それからタマシイを見るコツを今度教えてあげるからさ、って言うんだ」

「フーン。たしかに面白い人だね。小学校のときのクラスメートは？」

「十四、五人いた。なんだか家族みたいな気がするね」

本当にそうだなあ、とぼくは賢三君の話を聞きながら頷《うなず》いた。

「ワッ」

と言って賢三君がややとびのいた。

足元をネコのハチが素早くとおりぬけたんだ、ということがすぐわかった。

「タマシイの話をしていたから驚いてしまった」

賢三君が少し恥ずかしそうにして言った。

「そうだよなあ。ハチは白いからなあ。タマシイって白いんだろ」

ぼくは言ってから本当にそうなんだろうか、と思った。まだタマシイを見ていないからぼくも確証はないし、賢三君も答えられない。

「おーい、ふたりともこっちにきてんやい」

つぐも叔父が廊下に腰を下ろしてぼくたちを呼んでいた。もうだいぶ風が冷たくなっている。なにかの花の匂いがそのあたりに流れていた。庭の西端にある遅咲きのサクラの花の匂いだった。ぼくと賢三君がつぐも叔父のところに行くと、どういうわけかつぐも叔父は声を少し低めて、

「土曜日にトリを絞める相談ばするばい」

といきなり言った。

予想もしなかった話なので、ぼくは一瞬思考が停止したような気持ちになった。

「なんば、ぼーっとききようとや」

つぐも叔父が言った。

なんでも知っているつぐも叔父だから、要するになんでも頼れるけれど、そのとき聞いたニワトリの処理のしかたは、とてもわかりやすい方法だった。

「血をやたらとながさんごと、それとニワトリを苦しめんごと始末せんといかんばい」

ぼくたちはそれこそニワトリのように頭を前に出し首を伸ばして、その話を聞いていた。


土曜日の午後にきょうじゃのせっちゃんがやってきた。それを待っていたつぐも叔父は、挨拶もそこそこにみんなをつれてニワトリ小屋に行った。みんなというのはせっちゃんとぼくと賢三君だ。弟の裕にはその話をしていない。

つぐも叔父はニワトリ小屋に入っていった。人間が入っていくと小屋のなかにいる四羽のニワトリは、どう対応していいかわからないように少し跳ねたり飛び上がったりして、全体がちょっとだけ騒々しくなる。いつもなら巣にあるタマゴを回収し、ニワトリ当番のぼくはそのあとかれらの餌を細長い餌箱のなかにできるだけ均等にいれる。

でもその日はぼくではなくつぐも叔父が、めざす雌《めん》ドリを羽根の上からボロの風呂敷で包み込むようにして上手にとらえて小屋から出てきた。

ニワトリの雄と雌はシロウトではなかなか見分けられないが、つぐも叔父の言うところではトサカの色と大きさで簡単に区別できるそうだ。

つぐも叔父はそれから抱いてきたニワトリの首に、あらかじめ用意していた細紐《ほそひも》をからめた。つぐも叔父が細紐を準備しているところからぼくと賢三君はずっと見ていたから、その紐でニワトリをシメルのだな、ということはだいたいわかっていた。

せっちゃんとはあらかじめ打ち合わせしていたようで、家の西角のところに首を細紐でまかれたトリをおいた。その段階ではニワトリは妙に落ちついているように見えた。

「じゃ、はよしてしまおうぜ」

つぐも叔父が言い、紐の一方の端を摑《つか》むと玄関のほうに行った。せっちゃんはもう一方の紐の端を持つと家の角から反対側のほうに歩いていった。家の角にニワトリが風呂敷をかぶせられ紐で首をまかれて吊《つ》るされているようになる。

「ぼくたちはどうしたらいい？」

賢三君がきいた。

「そうやなー。おまえはせっちゃんのほうば紐を引くとば手伝いない。マコト君はおれのほうやね。まあ大人二人がやるとやけん、おまえらの手助けはそげんいらんとやけど、経験しとけばよかけんね」

つぐも叔父がそう言うと、家の角につり下げられた恰好になっているニワトリが、その意見に抵抗するようにちょっと羽をバサバサさせた。


ニワトリの解体はつぐも叔父が一人でやった。せっちゃんは仕事があるから夕方に自転車であらためてやってくると、中古のオート三輪で帰っていった。ニワトリはまず羽根をむしらなければならない。つぐも叔父は母にお釜いっぱいの湯をわかしてくれ、と頼み、庭の端にタライをおいて、その準備をしていた。賢三君は「前に一度見たことがあるから」と言って、裕と庭で遊んでいたし、こういうのに興味があるのではないか、と思ったジョンもハチも意外なことにちっとも寄ってこなかった。なにか動物の本能的な危機感でもって、近づいてこないような気がした。

だから母がわかした釜一杯の湯はぼくとつぐも叔父が二人で慎重に庭においたタライにはこんだ。それからちょうどいい温度にするために、つぐも叔父が水を同じ量ぐらいはこび、「まだすこーし熱かごたる」と言いながらも気がせいているらしく、その中にニワトリをそっくりつけた。

「で、まぁ十分ぐらいまでは湯でふかしとこ」つぐも叔父は言い、いくらかホッとしたように煙草《タバコ》に火をつけた。

「叔父さんは前にもこうしてニワトリを料理したことがあるんだね」

待ち時間にぼくは聞いた。

「うん、ニワトリだけじゃのうて、もっと大きか鳥も、小さか鳥もさばいたことあるばい」

「ふーん。なんでこういうお湯に入れるんだ？」

「鳥をさばくときはどげな鳥でも羽根が邪魔になるけん、それを抜くときゃ、こげんしてやると抜きやすうなっていちばんよかとよ」

つぐも叔父のところにいると、どんな場合でも思いがけない面白い話を聞くことができる。

そのうち頃合いを見て、つぐも叔父はおもむろにニワトリの両方の羽根の根元を出刃包丁で切り取って、ぼくに差し出し「これば、そこの石の上においときやい」と言った。そう言いながらもう胴体の毛をあいた片手でどんどん毟《むし》っている。もの凄《すご》く頑強に見えたニワトリの羽根が、ズボズボ毟りとられていくのを、ぼくは驚きと感動をまぜながら見ていた。

「マコトもちょこっとやってみるや？」

ぼくは返事をするのももどかしい気分で、つぐも叔父の真似《まね》をした。でもコツがあるらしく、つぐも叔父が軽快にやっているようには簡単に抜けなかった。

「あれは抜きやすか方向があるとよ。コトバで説明するよりも何回かやってみらんとなかなかむつかしけんね」

本当にそのとおりだな、とぼくは思った。つぐも叔父のやることはなんでも面白かった。

「トリ鍋はスキヤキと同じごとやればよかけん」とつぐも叔父は言っていたが、母は、

「そうはいっても初めてなんだから、何をほかに用意すればいいかわからない、あんたがやって」

と言って、母はそのほかの台所仕事に専念することになった。ぼくは流しでニワトリを解体する一部始終を見ていた。腹をひらいていらない内臓を捨てる。食べておいしい肉は手羽と胸のあたりらしいと知った。

「骨も肝臓も腎臓もみんなうまかね。ほう、だいぶばあさんになったと思うとったけど、調子がよかったらもう二十個ぐらいタマゴを産めたかもしれんばい」

そう言ってつぐも叔父は、小さなブドウの房のようなものを手のひらにのせて見せてくれた。それがやがてタマゴになっていくんだと、つぐも叔父は額のあたりに汗の粒をつくりながら早い口調でそう言った。

いくつかの事件

中学生になって何が変わったかというと、それまで放課後になると毎日のように遊んでいた同じクラスの遊び仲間、マサルやカッチン、昭一などと、以前ほど頻繁に、みんなで海や川などへのタンケンに行けなくなってしまったことだった。

もちろん中学生になっているんだから、ジョンを連れてぼくだけでそれらの場所に行くことはできたけれど、なんとなく「思い」は互いに通じ合っているといっても、やはり「イヌ語とヒト語」の交信にはかぎりがあり、どうしてもぼくのほうが口数が多くなり、何の前触れもなくいきなり無念、という気分になる。

ジョンのほうは思いがけなく、いつもよりずっと遠くに行けるのだから嬉《うれ》しいに決まっていて、たいていぼくより二十メートルぐらい先を、ジョンが嬉しいときに決まってやる少し腰を高くして跳ぶ裕《ひろし》の言う「おしりピョンピョン飛び」で先導していく。

でも慣れていない道だからどこか不安なのだろう。曲がり道など十五メートルほど先に行ってしまうと、立ち止まってぼくがちゃんと自分のあとについてくるのか確かめていた。

もうひとつそれにともなって変わってきたのは、ネコのハチがぼくとジョンのあとを追って一緒についてこようとすることだった。

犬とネコの二匹を連れていくのはちょっと心配だから、そういうときは弟の裕や賢三君に、しばらくハチを抱いていてもらって勝手についてこられなくする必要があった。

やったことはなかったけれど、そのままにしてもたぶんハチは自分のわかっている道ぐらいまでついてきて、そのあたりでぼくとジョンの行く先を見送ってくれるような気がしたが、そうでなかった場合はちょっと困る。

頭のなかに、せんだってボールド山のなだらかな斜面で、大きな獰猛《どうもう》そうな犬にクサリをつけて戦車みたいにしてドカドカ下ってきて、ぼくがジョンに引き綱をつけずに散歩させているのを叱りつけていた太ったオヤジのことが浮かんだ。

だからジョンと散歩するときはボールド山とはまったく逆になる、東のほうへ行くようにした。そっちには海と同じように仲間たちと頻繁に遊びに行った花見川《はなみがわ》がある。そこも近所の人の犬の散歩道になっていたが、半分ぐらいの人はぼくと同じように犬に綱やクサリをつけずに自由にさせている姿が多かったので気は楽だった。

けれどジョンと行くのではやはり「散歩」の枠から飛び出すことはできず、川の左右に人間がやっと登れるかどうかという角度の斜面などに、昭一やカッチンなどとやっていたようにずんずん登っていくことはためらわれた。やらせてみればきっと人間より足の数が多いジョンのほうが、ぼくたちよりもよほど確実にずんずん登っていってしまうような気がしたのだけれど、ジョンは道から外れて山林などに入ると先に進んでいくのをあきらかにためらうようなしぐさをするものだから、ぼくもジョンを強引に「タンケン犬」にするのはやめていた。これでぼくの友達や裕などが一緒にいたのなら、たぶんもう少し積極的になって、もしかすると初めて行くところでも先頭にたってずんずん進んでいくのだろうなという思いもあり、気がむいたときにみんなと遊びにこられなくなってしまったこの頃を改めて悔しく思うのだった。

それからもうひとつ別のことで心配だったのは、通称「のしかかり」と呼ばれている高さ百メートルぐらいの赤土山に、ムジナとかマムシが棲《す》んでいるという噂《うわさ》で、ときどき鼠《ねずみ》や山鳥の雛《ひな》などを襲っている、と聞いていたのも大きい不安だった。

犬とムジナだったら犬のほうが優位のような気がしたが、場所の慣れ、ということを考えるとジョンにいきなりそんな無理をさせないほうがいいだろうな、という思いと、いっそのことこういうところでジョンに好きなように走り回らせて、野生の本能を目覚めさせたい、という思いもあってぼくの気持ちはなかなかフクザツだった。

いろんなふうに迷いながら、結局ぼくはそこらに住んでいる人の犬の散歩と同じようにいったん隣町に通じる橋をわたり、検見川町《けみがわまち》側の川沿いの道を行くことにした。あまりいろんな話ができない犬と散歩していると、頭のなかではいろいろな思いがぐるぐる回っているようで、その橋の上でだいぶ以前に「豆腐屋のせっちゃん」に出あってぼくの姉の夏子が結婚するらしい、ということを聞いたことを思い出した。姉は韓国に渡ってから、けっこう忙しいらしく、時々母のところに韓国菓子とともに手紙がくるくらいになっていた。

そんなことを思いだしていると、その当時は今の「経師屋のせっちゃん」ではなく「豆腐屋のせっちゃん」だったことに気がついた。まだ仮橋《かりはし》で丸太を何本も並べたようなゴツゴツした橋の上を、いかにも重そうに自転車を牽《ひ》いてやってきたせっちゃんの商売はいったいどっちなのだろう？　という疑問が湧いた。そんなふうにぼんやりしているぼくをいましめるように、とうに橋を渡ってしまったジョンがぼくにむかって「ワン！」と恰好《かっこう》よく吠《ほ》えていることに気がついた。

その橋を渡ったところから検見川の町で、ぼくが住んでいる町の人とはどことなく敵対関係にある、ということを以前から聞いていた。そのおおもとは沿岸漁師同士の漁場争いだったらしく、争いそのものはずっとむかしのことなのだけれど、住民感情はいまでも地元の歴史に基づいて残っており、それは子供にまで伝わっていた。

検見川のほうの土手にわたると、釣りをしている人が多いのに気がついた。川の流れや海からの上げ潮の変化によって、よく釣れる岸辺はいろいろに変わるらしい。ぼくもカッチンたちとよく釣りに行ったがそれはもっと河口で、竿《さお》をだすとハゼやボラなどがどうしようもなく釣れたりした。

気がつかなかったが、橋のたもとにタオルハチマキをして色の黒いおじさんが座って竿をだしており「こらあ。犬を鳴かすな！」とけっこう大きな声で言ったのでぼくは驚いた。ボールド山に行っても川に行っても、オヤジというのは常にえばっているものらしい。犬を鳴かすな、といったってたった一回「ワン」と吠えただけなのになんと神経質で煩《うるさ》いおっさんだろう、と思った。

「あのおっさんちっとも釣れないからイライラしていたんだろうな。もっと海のほうに行けばいいのになあ」

とぼくはジョンに言った。どのくらい通じたかわからないけれど、ジョンは自分がいまぼくに何か言われたな、ということはわかっているらしく嬉しそうにシッポを振っていた。

いろいろなことを考えてぼくはいま渡ってきた橋をすぐ戻ることにした。ジョンもいっぱしに丸太を並べた橋を小さくコトコトいわせながら従順にぼくのあとについてきた。

その週はいろいろなことがおきた。いちばんのビッグニュースは、長兄の婚約が正式に決まったことであった。

少しまえに見合いしてそれからしばらく後、両者の仲人《なこうど》が両人の意向を伝えあい、無事成立、というとてもまっとうな手順を踏んでの婚約だったから、つぐも叔父《おじ》をはじめ、今は豆腐屋から経師屋になっているせっちゃん、それに母の弟子筋でとくに親しい人などが集まって、ぼくの家での「内祝い」の宴《うたげ》が行われた。婿《むこ》のほうの「内祝い」なので婚約者は顔を見せない。

「なんだ。初々《ういうい》しい花嫁さんの顔を拝めるとばかり思って、一張羅のスーツまで着てきたのによう」

せっちゃんはその夜の宴の顔ぶれを見て、そんなふうに文句を言っていた。

「内祝い、というのはそんなもんと決まってるんだわ。お客さんをたくさん呼んで大騒ぎするのが本祝い。そんなしきたりも知らないで大人になったのかね。だいたいあんたが背広着て気取ってきたって、夏のミミズが踏まれないように上見上げてクネクネしている具合だわよ。それにしてもあんたがスーツ着ると、まるで七五三のおっさんみたいよ」

その日ひさしぶりに嬉しそうでいつもの元気をそっくり取り戻していた母が、深川《ふかがわ》の妹みたいなポンポンした江戸前口調でそんなことを言っていた。母はせっちゃんもお客なのだとはまるで見ていないようだ。

長兄はいつにも増して生真面目《きまじめ》に緊張し、もう少し気合をいれなさい、と母に強引に飲まされた宴席前の冷や酒に早くも顔を赤くしていた。

「文彦さんもいつんまにか三十二歳になっとんたや。いつまんでん学徒出陣で生きて帰ってきた若兄やんと思うとったばってん、はよう嫁をもろうてもよか年になっとうけん、これりゃ嬉しか酒やなー」

つぐも叔父が背中を反り返すようにして、つくづく嬉しそうに言った。

「ほんとに苦労続きやったけんなあ」

宴に呼ばれたひとがそれぞれ手土産《てみやげ》に持ってきてくれた御馳走《ごちそう》が、客間のテーブルの上に次々におかれ、それを狙ってぼくと賢三君と裕、それにちゃっかりネコのハチもテーブルのまわりにしがみつき様子をうかがっている。もっともネコのハチはテーブルの上まではのぞけないから、錯綜《さくそう》したそのうまそうな匂いにコーフンしているのだろう。

もう夜の風が冷たくなってきているので、閉め切った板戸のむこうで、可哀相《かわいそう》にジョンは居場所を無くしているようだ。このような宴席で居てほしいけれど顔を見せないのは、韓国にいる姉の夏子と次兄のタカシだった。

「あん二人にゃこんこつを早《はよ》う知らせないかんばい」つぐも叔父が言った。

「夏子にはハナシが決まってすぐに連絡したけれど、タカシはむこうから手紙でもこないかぎり連絡のしようがないのよ」とやや複雑な顔をして母が言った。

さてそろそろ大人たちは乾杯をしよう、という時間になってタイミングよく大工のキョタさんがやってきた。この家を建てるときの棟梁《とうりよう》で、そのあとにもいろんなこまかいことでずいぶんお世話になっている。

キョタさんとはずいぶん変わった呼び名だが、室石《むろいし》京太郎という役者みたいな立派な名前があるのだけれど、弟子もまわりの人もみんなキョタさんと呼んでいる。たぶんキョウタロウをちぢめて呼んでいるのだろう。ぼくの家のまわりの人々もみんなそう呼んでいる。

キョタさんはいつもはいている七分丈のパッチと呼ばれる仕事着の上に、あちこち陽《ひ》にやけた印半纏《しるしばんてん》を羽織って、片手に桶《おけ》を持っていた。

「いやどうも、お揃《そろ》いのみなさんひさしぶりで。それでもって本当におめでとうございます。今夜のお呼ばれ嬉しかったですよ。コレぼくの知り合いから今し方貰《もら》ったもので……」

と、ニコニコではなく我が家ではもっぱら「ニカニカ笑い」と呼んでいる金歯銀歯を光らせたお獅子《しし》みたいに賑《にぎ》やかな笑い顔で言った。そのお獅子顔が自分のことを「ぼく」と言っているのが妙におかしかった。キョタさんのところの会計事務は父の頃からやっていて、それはいまそっくり長兄が継いでいた。

キヨタさんが持ってきた桶には、まだ生きているような新鮮な魚が七〜八尾入っていた。

「キヨタさん。あたしこの魚、はじめて見るわ。カレイに似ているけれど、このへんでは見ないわね」

母が言った。

まわりにいた人たちが「どれどれ」というかんじでみんなで覗《のぞ》きこむ。

「これをくれたのは船橋《ふなばし》の市場にいる奴《やつ》なんだけど、カレイの変わりもんだ、と言っていたよ。食えば旨《うま》いらしい」

「わはは。懐かしかー。これはくさ〝くつんぞこ〟ちゅうて、九州じゃ干潟になる海でモリで簡単に突けるけん、だれでん自分でとってきておかずにするとよ」

つぐも叔父が喜びに満ちた声で言った。

「くつんぞこ？　ですか」

長兄が不思議そうに聞く。

「ほら、靴の底に敷いとる足のムレばふせぐようなものがあるやろ、あれに似とるけんそげん呼ばれよると」

「本当だ。我《われ》は靴の底みたいなカレイかい」せっちゃんがやっぱり笑いながら言う。

「どうやって料理してたの？」

母が聞く。

「いろんなやりかたがあるとやけど、こんまま洗《あろ》うて粉をつけてフライパンに油で焼けばよか。まあ身が薄かけん食えばあっという間やけどね。ばってんおれにゃ懐かしか味ばい」

つぐも叔父は自信に満ちた顔でそう言った。その料理は母の妹が担当することになり、大人たちはみんなで乾杯の続きに入った。

全員の声がいちどきに聞こえてびっくりしたのか、外でジョンが軽く吠えているのが聞こえる。

「いいなあ。あたらしい嫁さんかあ。嫁入りしてきたらこのうちがポッとこう、あっちこっち明るくなるだろうなあ」

せっちゃんが言った。

「どんな顔したべっぴんさんなのか見せてくれよ。写真かなにかあるだろう。見合いの前に写真を互いに交わしあったりするんだろう」キヨタさんが言った。

「そうだ。こういう祝いの晩には、そのくらい見せてくれよ」

そうだわね。母が立ち上がり整理ダンスの一番上の引き出しから、ノートぐらいの大きさの厚紙を引っ張りだしてきた。

「わあ。いきなりそういうのよしてくださいよ」

長兄が両手を顔の前で交差させてバッテンを作りながらそう言った。

「もうこうなったら何も隠すことはないだろう。そのうち本人がやってくるんだもの」

みんな容赦なかった。

厚紙の表紙を開くと、そこに割合大きな写真が入っているようだった。

最初に手にしたせっちゃんが「わあ！」などと小さく叫んでいる。

「こりゃべっぴんさんだ。この顔、誰かに似ているな。なんとかいう映画女優だよ」

隣に座っていたキヨタさんがひったくるようにそれを手にする。

「ほんとだ。高峰三枝子の若い頃にそっくりだ」

「そりゃすごかー。大当たりやなー」

ぼくも見たかったが大人たちが断然先のようだった。


ぼくの家の隣はかなり広い畑になっていて、季節ごとにそこで育てる作物がいろいろかわり、作物の種類によって畑の畝々《うねうね》にそれにあった肥料がまかれる。ときおり広範囲に堆肥がまかれ、それがどこか別のところに溜《た》めて腐敗させた人糞《じんぷん》のときがあった。範囲が広いのでそれがまかれると猛烈に臭かった。毎日その臭いをかがされるので、住んでいる者は慣れてくるが、最低でも一週間はその臭気があたりいちめんにただよっていた。

その頃は町の家々の中に畑があって、だいたいどこも同じ時期に人糞の堆肥をまくので、もしかするとその時期、町そのものがそんな臭いに包まれていたのかもしれない。

やがてやってくるだろう兄のお嫁さんがそういう時期にぶつかってしまったら一大事ではないか、とぼくはふいに気がつき、「こうしてはいられない」と思わず立ち上がってしまいたい気分になったが、でも立ち上がってもどうしようもないことにすぐ気がついた。

そういう異臭をふりまくのを詫《わ》びるつもりなのか、隣の畑の持ち主は収穫期になると、かぼちゃやマクワウリなどの作物を隣近所にわけてくれた。これらがあの肥料で育ったものなのか、などと考えるとすこしだけたじろいだが、八百屋で売っているそういうものもみんな同じ過程を辿《たど》って生長しているのだから気にしてもしょうがない、という気持ちになった。

もう一方の隣の家は長いこと農業倉庫になっていたのだが、四〜五人の家族が住まい用に内側を改装していた。そしてそこは同時に小さな飴《あめ》を作る町工場のようになった。芋が産地なので作っているのは「芋飴」で、それも工場主の奥さんがいつも異臭を流していてすいません、といいながら完成した芋飴を袋にいれて持ってきてくれた。

芋飴を煮るときの臭いは空気が多少あまったるいようになるだけで、同じ臭いでも畑からのものとはだいぶ質が違っていたが、少しして煙突から大量の火の粉が出て、ぼくの家の塀の一部が焼けてしまったことがある。ボヤまでいかないうちに両家で消し止められたのがなによりだった。

そのときはブリキ製の丈の低い煙突だったので、飴屋さんはそのあと見るからにもっと頑丈で太い煙突に替えたが、そうなると風の強い日などは、煙突全体がぐらぐら動いているのが見えてかえって恐ろしかった。

飴屋さんもそれに気がついて、その太い煙突をワイヤーで四方八方から支えるようにした。どうも飴を煮詰める竈《かまど》がぼくの家のほうに向いているらしく、煙突もぼくの家のほうにななめにかしいで突っ立っていた。だから四方八方といいながら、ぼくの家のほうにはワイヤーが張れないのだった。あるとき飴屋の夫婦がやってきて、ぼくの家の庭にその煙突を支えるワイヤーを庭に二カ所ほど張らしてくれないか、と菓子など持って頼みにきたらしい。

もともと人づきあいのいいぼくの母親はすぐに了解し、飴屋騒動はあまり大事にはならずに落ちついた。

でもそういう予期しない小さな事件というのはあんがい立て続けに起きるもので、今度は家の玄関脇においてある防火用水桶の中にネコのハチが落ちてしまい、もがいているところをちょうどどうまい具合にやってきた母の踊りのお弟子さんがみつけ、みんなで救いだす、という騒動がおきた。

その用水桶は「桶」とは呼んでいたものの、風呂より少し大きめなコンクリート製で前面のタイルに一文字ずつ我が家の名前を書いて塗りこんであるという大袈裟《おおげさ》なもので、もともとはぼくの生まれた世田谷の三軒茶屋《さんげんぢゃや》でしつらえたものだったらしい。それが千葉県の酒々井《しすい》まではこばれ、いまの幕張まで持ってきた、という年代もので、なんとなく一家の守り神みたいな存在にもなっていた。

酒々井に半年ほど疎開のように引っ越していたときは門の横に置かれていたので、四歳ぐらいのぼくは、その用水桶からすぐそばに生えていた紅葉《もみじ》の木にしがみついて昇り降りしていた懐かしいものだった。

水浸しになったハチはタオルで全身を拭われながら、ときどきピイピイとキューピーさんのように鳴いていたのよ、と助け出してくれたお弟子さんがぼくに教えてくれた。

ぼくはハチに「もうここには絶対乗るんじゃないんだよ」と強く言った。ジョンと違ってハチがどのくらい理解したかわからなかったので、つぐも叔父が帰ってきたらその用水桶の上に全面的に厚板を敷いてもらうことにした。

三つめの事件は、そのつぐも叔父に関するものだった。事件というほどのことでも無かったが、いつもよりだいぶ遅くにグデングデンに酔って帰ってきたのだ。

つぐも叔父は九州に長くいたから、というわけでもないのだろうが、お酒にはめっぽう強く、家の宴会などでもいくら飲んでも言葉ひとつ乱れることはなかった。

そういう人が外で飲んで、足元もおぼつかなくなるなんて想像もできなかった。

母と帰宅していた長兄が、つぐも叔父に何があったのか聞いていたが、身についた九州の言葉で誰かを罵倒するようなことを言いつつ、やがてコテンと静かになってしまったようだ。

そのときつぐも叔父が酔って言う言葉のなかには、「あのやろうなぐり殺してやる」などという物騒な内容のものもあったので、その日は心配で、ぼくがつぐも叔父の寝ている部屋に行って一緒に寝ることになった。でも思えば、ぼくぐらいのがそばにいても、全身筋肉だらけのつぐも叔父が何かの仕返しに外に出て行くのに気がついても、とても止めることなどできなかっただろう。

幸いその日はそれ以上何事もなく、翌日は日曜日だったので、長兄も事務所に行くことがなかったから、昼頃に母と兄とつぐも叔父の三人で何か低い声で一時間ほど話をしていた。

はっきりとはわからなかったが、つぐも叔父があれほど泥酔したのは、泥棒の嫌疑がかかって貝灰工場の親方や幹部たちに大分ひどいことを言われたのがきっかけらしい。

貝灰工場は、二階の階段下にアルミのパイプや真鍮《しんちゅう》のコイルなどがだいぶ置いてあるのだが、それがそっくり盗まれたのだという。そこに入るには広い幅のあるスロープをいったん二階に上がって、そこから持ち出してくるしか方法はなく、犯人は内部の者に違いない、という見当をつけているというのである。けれどつぐも叔父は、いくら金に困ってもそんな恩知らずのことをするわけがない、ということは家族みんなが知っていたが、工場のほうの人々はそういう真の人柄のことまではわからない。

なんでも貝灰工場に、これこれこんな人が工場が終わったあとにやってきて怪しい動きをしていた、というタレコミがあったというのだ。その唯一の証拠は貝灰工場の男衆が着る印半纏を着ていたというのである。

つぐも叔父は、自分にはまったくかかわりのないことだ、と激しく強く言ったのだが、そう思いこんでしまっている人々にはまったく通用せず、来週のうちに警察に一緒に行ってもらう、と言われたらしい。同時にその工場もクビだという。つぐも叔父はその帰りに、普段めったに寄ったことのない町の飲み屋で、だいぶ大量の焼酎を飲んで帰宅したらしい。

その話を聞いて、ぼくにはピンとくるものがあった。つぐも叔父は誰かに陥れられたのに違いない。その誰かの見当はおおよそついていたが、やたらに大人に話をしても聞きいれてくれないだろう、ということもわかっていたので、今度、自分で心あたりの人物を見つけに行こう、と思ったのだった。

屋根の上探検隊

季節がどんどん進み、学校では運動会などの練習がはじまった。先生は、はじめて中学での運動会を迎える一年生に、小学校のそれとはいろいろ内容が違っていることを説明した。まず中学になると運動会とは言わず「体育祭」と呼称がかわる。

小学校のときにはかならずあった、低学年の生徒が校庭いっぱいに広がってくりひろげる「お遊戯」的なものは一切なくなり、一年生からどの種目も走ったり跳んだりの競技が増えていた。大勢でやる組体操は息を合わせた協調がないとなかなか難しく、どうしてもそれぞれのチームが時間外に練習しなければならないような種目もあった。それらは体育の授業と放課後の双方の時間を使って行われたが、体格と体力の個人差なんていうのも、そういう練習によってははじめて全体で意識するようになった。

増田という体育の教師は各クラスが自主的にその練習をやっていると、けっこう真剣な顔

つきをして、

「後ろからみるとまだ相当フラついているなあ。台風のときの壊れた塀みたいだ。左右から引っ張る力、あるいはバランスのとりかたを工夫しないとそうなる。グラグラしないように様子を見ながら体格的に組みやすいように、左右の人を取り替えていくとうまくいく場合があるよ」

と言い慣れた口調でテキパキと指導し、その成果も見ずに、次のクラスの練習の指導に慌ただしくたち去っていった。

「これは、最初に言われたように、左右の人の身長や体重などをもう一度ちゃんと揃《そろ》えたほうがいいみたいだね。とくに重要になるのは真ん中の芯になる人だよ」

ぼくのクラスで最初から一番テキパキした喋《しゃべ》り方をする尾羽《おば》が言った。尾羽は真ん中へんにいたぼくとその隣の大石のそばにやってきて「二人は丁度同じくらいの体格なんだねえ。だからどちらが中央に立ったとしてももう一人の中央候補の人のいる側にバランスが片寄ってしまうからね」、というわけだ。

「それじゃよう。おれたちだけ中央の芯を二人にしたらどうなんだろうか」

バス路線しかない山側の町から通ってきている色の黒い、いやに低い声で喋る坊主頭が言った。そこにいる全体の生徒が一様に言葉少なだったから、そうしてどんどん喋る奴《やつ》が自然にリーダーシップをとっていく。

「二人で、っていうと一番背の高い二人が真ん中で手を繫《つな》ぎ、左右対称にナナメにかしぐわけね。だったら二人が中央でがっしり止めたほうが恰好《かっこ》いいわよ」

さっきからそばで見ていた杉山妙子が言った。杉山は四年生のときに転校してきた生徒で小学校ではぼくのクラスだった。いつも気後れなくテキパキ喋るし、綺麗《きれい》な顔をしているというので最初から目立っていた。

女子らはその組体操に合わせて、校庭全体をくるくる回るような不思議な役割を演じるので、バランスよく止まっていれば動かず崩れず、ずっとそのままの「かたち」で我慢している男子よりも楽なような気がした。

その杉山の意見が取り入れられて、ぼくと同じく中心になる大石という無口な男同士腕を組んで、それぞれ対称的にナナメにかしいだ。そうやると大きな扇は中心部分がVの字を描くように割れてしまうことになるが、とにかくそのようにやると、なるほどさっきよりも楽に「かたち」が整うようだった。でもその反対に左右にだんだん小柄になっていく生徒はどんどん中腰から片肘つき、という具合に低くなっていくので、同じ恰好を続けるのはけっこう辛《つら》い、という意見がでた。

「一番辛いのは斜めになっていく途中の中腰になっているあたりだから、えーとそれはぼくたちのコトだけどさあ」

かなり太っているそいつが言うとみんなが笑った。

「ああ、本当に見ていてそれわかるよ」

尾羽が言った。

「そのあたりにいる人は、足を前後に出してもいいようにしたらどうだろう」

さっきのふとっちょが言った。

「うん、先生は全体が扇の形になればいい、と言ったので、それでかまわないような気がするな」

尾羽はすっかり指導者の顔つきになって、自分はその組み立てには入らず、少し離れたところから全体のバランスを見ていた。

「やっぱり真ん中の二人ががっしりしていることがポイントだな。そう左のキミ、ええと何て名前だっけ。まだすっかり覚えてなくてごめん」

どうもぼくが言われたようだった。

ぼくがわかったという合図にそいつの顔を見ると、

「キミは下を向かずに、もっと思いきり空の方向を見たほうがいい。そう、隣の大石君も同じね」

二人がそのようにすると、

「うん、これで完成だな。とても美しいよ」

尾羽は言った。

誰がどうというわけではないが、なんとなくみんなホッとした空気がひろがった。そうではあっても、一人その枠外に出て監督然として外を歩き回っている尾羽は、体育祭本番のときにどうするつもりなのだろうか、というどうでもいいことが何時《いつ》までも気になった。

体育祭はこのほかはみんな個人競技だった。おきまりの徒競走は百メートルと八百メートルがあったが、これは自薦他薦の自由参加だった。八百メートルの競走なんて走ったことはなかったので参加したが思っていたよりも苦しかった。練習を重ねなければむずかしい、ということがわかった。

午前中の「看板レース」は遊戯性の高い一年から三年までの選抜が出る「借り物競走」で、それから弁当になる。

小学校のときと違って生徒はみんな教室に入って、何時ものように黒板にむかって食べる、というヘンテツもないことになっていた。もしその日、空が抜けるように広く高い秋の黄金のような日だったら、教師らはなんと思うのだろうか。体育祭は一週間先に迫っていた。

金曜日の夕方、いきなり次兄のタカシが帰ってきた。タカシは漢字では崇と書く。ぼくより六歳上。もう大学生になっていたものの相変わらず家には寄りつかず、完全な家出そのものだったが、なぜか長兄や母はそのことを注意したり叱責することはなかった。

さしたる挨拶もない「ご帰還」（姉がよくそう言っていた）だったが、母も長兄もいつもと変わらず、その日もすごく当たり前に迎えているのが不思議だった。タカシは痩せて背がひょろながく、その日はいつもと違って長い髪の毛の片一方を横に垂らして少しあおい顔色をしていた。タカシは自宅から一時間以内のどこかに住んでいる筈《はず》だったが、もともと弟など歯牙にもかけないかなり変わった性格だったから、玄関で久しぶりに顔を合わせても、正面からぼくの顔を見ることはなかった。だから「コンチワ、しばらく」というぼくの挨拶も軽く無視された。でもそれはいつものことだった。

その当時のぼくは気がつかなかったが、母の表現からすれば「腫れ物にさわる」くらい、その扱いに気をつかっているようであった。

タカシは母に言われて仏壇の父の遺影に向かって、通常ぼくたちがやるおざなりのものとはやっぱり随分違う、大人の落ち着きかたで長いこと手を合わせていた。

部屋の隅でその様子を見ていたぼくは、兄のボソボソした声の端から、「親不孝ばかりしてしまいまして……」という言葉が漏れたのを聞いた気がした。

なにか彼のなかの心理的負担になんとか納めどころを得たのか、仏壇から向き直った兄の顔は、先程よりいくらか人間の血がかよっているように見えた。その証拠にやっとぼくの顔を部屋の隅に見つけ、「うまくやってるかあ」と唐突に言った。ぼくは少し慌てたみたいで声にならない返事をした。

それから兄は茶の間に行って母と向かい合い、再びボソボソした声になってなにか込み入った話をしているようだった。

そういう場にはぼくは入らないほうがいい、と瞬間的に感じたので、気持ちを入れ替えて庭に出た。弟の裕《ひろし》がハチを家来のように連れて庭を歩き回っていた。

裕はぼくの顔を見ると、

「あのね、ひとつなぞなぞを見つけた」

と、ふっくらした声で言った。裕は他の兄弟に珍しく頰がふっくらしていて親戚のおじさんなどに「これはめでたいぞ。七福神の誰だれに似ているぞ」などとよく言われていた。しかし七福神のうち誰なのかいまだにわからずじまいだった。

「なぞなぞ？　言ってごらん」

ぼくは言った。

「えー第一問。ネコのハチはミミズが嫌いでしょうか」

もう裕は質問のなかで答えを言っているようなものだった。

「うーん。難しい質問だなあ。えーと、ハチはミミズが嫌いです」

「はい。正解です」

裕が丸っこい顔で残念そうに言った。

その場所からぼくは家の屋根を眺めた。屋根はぼくが生まれてはじめてタンケンした場所だった。押し入れの上の段に昇り、天板の一方を持ち上げると天井裏に出られる、ということをタカシが発見した頃だった。

まだ小さかったぼくはタカシにお尻をもちあげてもらい天井裏に入った。当初予想したのと違って天井裏はけっこう明るかった。

地上で見るのと違って外の光がするどい直線を描いて斜めに差し込んでおり、場所によっていくつかの束になっていたけれど、それらはみんなキッパリ同じ方向に同じ角度に差し込んでいた。

ぼくがもう少し大きかったら、「いきなりの異次元風景」なんて生意気な表現をしただろうけれど、幼児に近い年頃のぼくには不思議な世界をうっかり覗《のぞ》き見してしまった、という不安まじりの感慨があった。

ぼくは適切な言葉を失い何か兄に聞いたのだが、その内容は覚えていない。

「ここには誰も住んでいないの？」

せいぜいそのくらいのことを聞いていたのだろう。

そして兄は「ねずみぐらいかな」というぐらいは答えたのかもしれないが、ぼくが怖がるといけないと思って別のことを言った可能性もある。

それから何年かして、ぼくの記憶のなかでは、兄が一番元気だった頃、屋根裏ではなく屋根の上そのものに、兄と登ったことがあった。それまでも兄はたびたび屋根に登っており、腰に玩具《おもちゃ》の拳銃などをぶらさげ、「ここはリオグランデの砦《とりで》だ」と言ったのをはっきり覚えている。そのひとことでリオグランデという、当時は土地の名なのか人の名なのか兄のでまかせなのか、まるでわからない言葉を覚えてしまったのだから、兄の影響力というのは大きいものなのだろう。

そうして二人でなるべく屋根の勾配にそって腹這《はらば》いになり、向こうの通りを先住民の一群が砂埃《すなぼこり》をあげながら走り抜けていくところを想像した。

瓦屋根のてっぺんには丸い長蓋のような水をはじく瓦が並んでいて、それはセメントでとめてはなかったので、ところどころもちあげて剝がすことができた。そのうちのいくつかには、孵化《ふか》したばかりのうずら豆ぐらいのスズメの雛《ひな》がいたりしてびっくりした。そんなふうにして兄が一緒にいる頃は、ぼくは兄の探検隊の一員としていろいろくっついていけるのが嬉《うれ》しかった。

久しぶりに兄が帰ってきたことによって、当時のそんなことを思いだしているうちに、外の空気は少し寒くなっていた。


つぐも叔父《おじ》も帰り、家は久しぶりに大人が一人増えたけれど長兄の文彦は帰りが遅く、めったに酒を飲まないので、期待したような、笑い顔の溢《あふ》れる賑《にぎ》やかな食卓にはならなかった。母はその日のために、タカシの大好物の五目まぜごはんを沢山作った。タカシはつぐも叔父の最近の仕事のことについて質問していたが、つぐも叔父はいまは失業して先ゆきの知れない日当労働に出ているので、気の毒なほど返答には力の余力がなかった。

食事がすむと子供たちは庭の家作にほうりだされたので、ジョンやハチが喜ぶ番だった。


事件は真夜中におきた。ぼくはそのままつぐも叔父のところで寝てしまったので気がつくのは遅かったのだが、母屋《おもや》にいたものは母の半狂乱の声でおこされたのだろう。

タカシがたいへんだ、と母のカナキリ声はそう言っていた。「早く医者を、医者を」続いてそう叫んでいた。

母屋に駆け込んでみると、もの凄《すご》いいびきが聞こえた。長兄がやや呆然《ぼうぜん》とした表情で洗面器とタオルを持っていた。母の踊りの舞台にタカシの布団は敷かれていて、部屋の明るい電灯がついていた。タカシは敷布団から上半身をいくらかはみ出して、うつ伏せのままその凄《すさ》まじいいびきを続けていた。タカシの吐き出した夥《おびただ》しい吐瀉物《としゃぶつ》のまわりは、大小沢山の泡がひろがっていた。

長兄が言った。

「マコト。医者へ。走って」

家から普通に歩いて十分ほどのところに一家でかかりつけの内科医がある。裸足《はだし》でそこに走るのは二回目だった。最初は父が倒れたとき。真冬の凍った道を、ぼくは慌てていたものだから裸足で走っていた。

医師は女医で困ったくらいにでっぷり太っているから、その人を走らせるのは大変だった。季節は真冬とは違うけれど、またあれと同じことになりそうだった。

はっきりとはわからなかったが、時間は午前四時ぐらいだったろうか。ぼくにはそれよりも後ではない、という確証があった。ニワトリの鳴き声だ。やつがまだ騒いでいない、ということは、四時よりも確実に前なのだ。

医師の家の前にはたちまち着いた。呼び鈴は石の門灯のそばにあり、母屋はそこから十メートルぐらい先にある。リッチな家の構造をしていた。

強引なくらい長い時間ベルを押し続けた。

やがて「不承不承」、そのまんまの時間差をへて医院の玄関の照明がついた。

ドアがあくのも待てないくらいの性急さでぼくは家の名を告げ、急患です！　と叫んだ。父が倒れたときとそっくり同じだった。

途方もないほどの時間をかけて女医は白衣を羽織って玄関口に出た。

寝起きもいいところだから顔つきは不機嫌だ。

「どなたが倒れたの？　症状は？」

「ぼくの兄で、意識がありません。何かヘンなものを飲んだらしく大量に吐いています」

「吐いている？」

その頃には兄が被った薬害の原因はなんとなくわかってきていた。前例は見たことがないが、きっとそういうコトがおきたのだろう。

ぼくに質問しながらも女医は早くも荒い息になり、ぼくが後ろからどんどん押すものだから、女医はとうとう言った。

「もうそんなに強く押さないで。わたしの足が動かないんだから、もうさして変わらないわよ」

胃の洗浄、という措置がされたが、女医は母とも長兄とも親しかったから、それから一息もつかないうちに、兄が飲んだと思われる薬の瓶を全部見せなさい、と言った。

睡眠薬の瓶はふたつ。あまりの量で全部飲み込めなかったらしく、布団の下にもいくつもの錠剤が落ちていた。

家のニワトリが間抜けに鳴いている。不安に満ちた空気がながれ、「できるだけ早く、もっと本格的に胃と消化器官の洗浄ができる大きな病院に移送しないと心配ですね。それともっと心配なのは後遺症です」

女医がやや声をひそめて言った。

その頃になって母はぼくに、「ちょっと弟たちの様子を見てきて」と早口で言った。

どうも深刻っぽいその場にぼくがいるのはまずいらしい、ということにやっと気がついた。

いい天気が続いていたが、母は毎日病院に通っていた。事件から二日目になってやっと夕カシが目ざめ、水を沢山飲んだこと、目をパチクリさせて自分がどこにいて、どうしてそこにいるのかわからず母に繰り返し聞いていること、自分が大量の睡眠薬を飲んだことについては今のところまったく記憶にないようだ、ということなどを、このところ何時もより早く帰宅する長兄に報告しているのを、ぼくは茶の間の目立たないところで聞いていた。「このままでいけば記憶が断片的なところをのぞけば、なんとか回復するのではないかと思うんですよ」

そう言う母の口調は漸《ようや》くいくらか安堵《あんど》を含んだものに変わっていた。それと同時に、臨時に休んでいた舞踊教室が再開された。衝撃は大きかったけれど、これをきっかけに兄が家に戻ってくるようになったらいいな、とぼくは考えていた。


学校では放課後の体育祭の練習に熱が入っていた。運動部もその期間は通常の練習をやめ、体育祭のグループ練習に参加していたので、運動場は俄然《がぜん》活気が出ていた。

ぼくと一緒に入学した従兄弟《いとこ》の賢三君に校庭でときどき顔を合わせた。

「うまくいってるかあ」という合図は、裕の小学校で流行《はや》っている「ゆび言葉」で合図した。といってもたいてい返事は同じだった。

体育祭の練習時間は教師の間で調整されているらしく、ぼくたちにはなんだかよくわからないままに先生の指導のもとに動いていた。最初の頃に、主に陸上競技の練習を一回だけやった。

ぼくたちは本格的な「走り幅跳び」とか「ハードル競技」などは、はじめて体験するのでけっこう期待した。

「これらはキミたちが高校生になると体験するものですが、いきなり出会って戸惑わないように、うんと簡潔にわかりやすくしてあります」担当の教師が言った。

ぼくたちの授業では会ったことのない、トレパン姿で髪の毛をまっすぐ後ろにまとめて馬のシッポみたいにしている女性教師だ。

面白かったのが走り幅跳びだった。スポーツの本など読んでいると、どのくらい跳んだかの記録が巻き尺で測られ、一・九五メートルなどと記録され、それによって勝敗があらわされる、と思っていたが、そこでは幅跳びは着地の砂地の上に三本の布ひもが横に張ってあり、段階式になっている。こまかい数値で争われるのでなくて、大体の能力をはかるだけなのだった。でも小学校の遊び半分なのと比べてさすが中学！　というヨロコビみたいなものがあった。

兄のタカシは今、便宜的に入院しているところでは治療の質が伴わない、ということで、ぼくの住んでいる町から電車で一時間ほど山のほうにいく、私鉄の駅からさらにバスに乗ったところにある大きな病院に転院させられた。そこには母と長兄がつきそっていったが、帰ってくると一様にこわばったような顔をしているので、それを見ているぼくも緊張した。

「タカシはそこでちゃんとよくなるの？」

ぼくは聞いた。母も兄もそれにはすぐに答えなかった。それが答えなんだろうな、とぼくは思った。

「あれだけの薬をいっぺんに飲んでよく助かった、と主治医になるらしい先生が言っていたのよ。君も中学生になったのだから、こういうこと、理解できるでしょう」

母は言った。

ぼくは頷《うなず》き、母のいれてくれた熱いお茶の入ったぼくの異様に大きい茶碗《ちゃわん》を握った。

大きな病院に入ってもどうなるかわからないんだ、というコトなんだろうと思った。

母も長兄もどこか普通の感覚ではなくなっているらしく、ぼくがそこに座っているのにちょっときわどい話をしていた。

「タカシが言っていた佐和子にネコイラズ食わされそうになった、っていうのは、先生の言う妄想というわけなのよね、きっと」

ネコイラズなどを人間が口にしたらどういうことになるか、ぼくにもわかっていた。

「妄想に決まっていると思いますよ。あの薬の後遺症は、そういう突拍子もない妄想が次々に渦巻いてくる、という悪質な影響があるのです、とあの医者も言っていましたからね」

佐和子というのがいまタカシがお世話になっている家に住んでいる人で、もう殆《ほとん》どタカシの奥さんのようだ、ということを以前、お酒を飲んで激昂《げきこう》している母が言っていたのをぼくは覚えていた。

　その日はさしたる理由もなかったが賢三君のところで寝よう、と思って外に出た。すぐに足元にジョンがぶつかってきたのがわかった。ジョンは嬉しそうにぼくの足元にからまりながら、「どうしたんですか。今夜はどうしたんですか」としきりに聞いているようだった。

自転車ヒコーキ大作戦

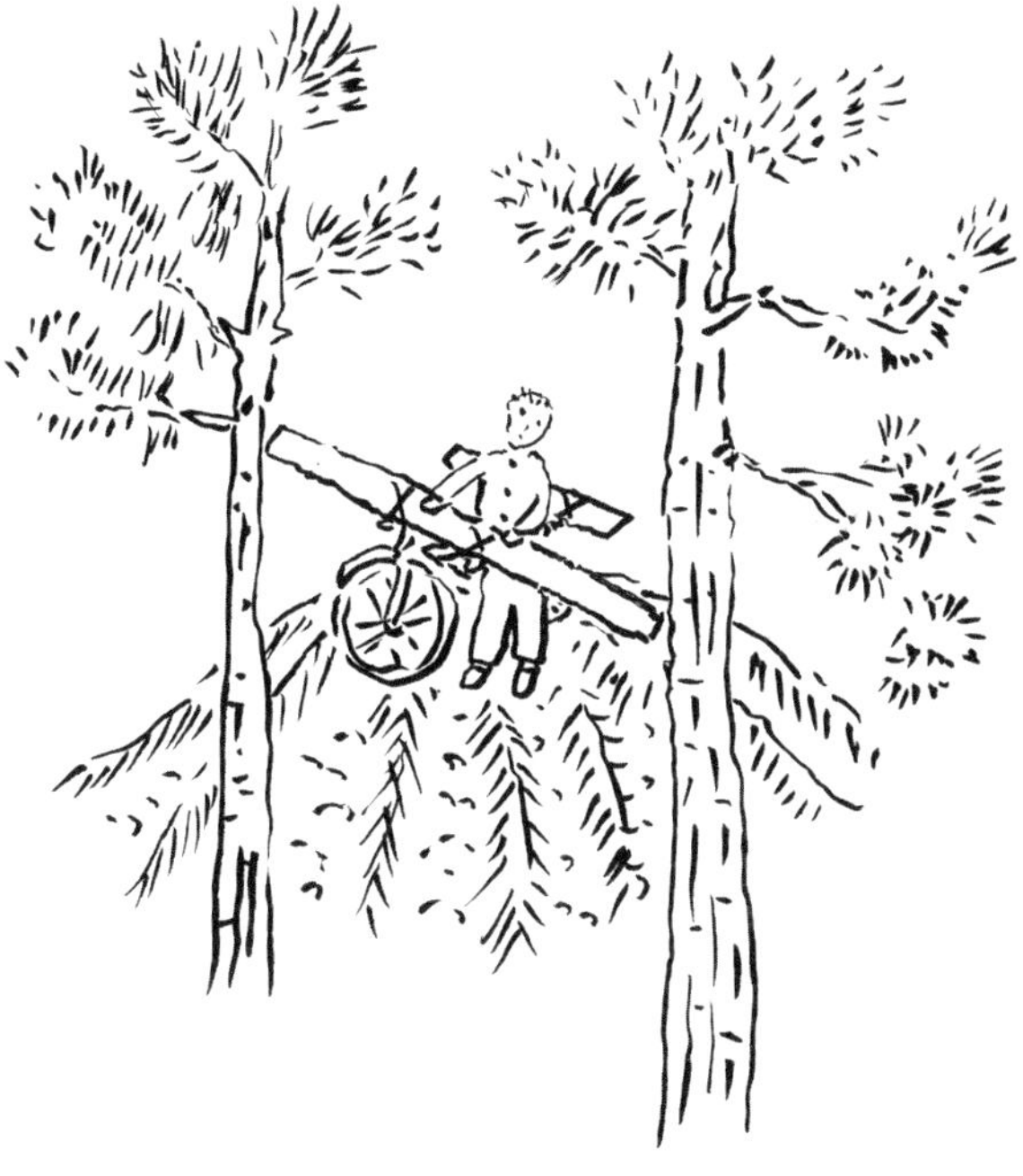

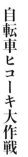

激しい競技大会のようになった体育祭が刺激になったようで、その後の体育の授業はけっこう長い時間をかけて徒手体操をしたり校庭を十周するような長距離走などがあり、小学校とはえらく状況がちがっていた。

秋のまっただなかだったので、晴れている日など授業が終わる頃には全身から汗が吹き出るぐらいだった。

そうやって体を動かす時間というのはあまり考え事をすることもなく、自分のやることに没頭できるのでぼくにはありがたかった。

その頃家族のあいだで同時におきていた心配事は簡単には「いい方向」にいくこともなく、長兄の婚約という明るい話もしばらく曖昧にしぼんだ感じになった。

母は踊りの稽古を週末は休んで、入院した次兄の崇《たかし》のところに定期的に洗濯物を届け面会をし、様子の変化を見守っていた。

踊りの稽古はこれまで土日もやっていたが、週末はお弟子さんも家庭の用事があるのでやってくる人も少なく、そちらのほうにはさして影響はないようだった。けれど「聞こえが悪いので」という理由で、母はお弟子さんには崇が入院していることは絶対に内緒にしていた。崇の事件はなにしろ「自殺未遂」であり、睡眠薬の飲み過ぎでおきた後遺症の治療のために入院しているのであったから、なるべく家族のあいだでもその話はしないように、と母からわざわざ言われていたくらいだった。そういう「秘密」の意味はぼくにだってわかることだった。でも弟の裕《ひろし》には話してもよくわからないだろうから、その話はいっさいしないことになっていた。

ぼくが最初母にくっついて崇のいる病院に見舞いに行ったときは、裕はしきりに自分もついて行きたがって、母もぼくも困った。裕には親戚の叔母《おば》さんのところに行ってくる、という口実だったので、どうしてぼくも行けないんだ、と悔しがったのだ。ぼくも止《や》めようと思ったくらいだったが、崇は入院はしたものの回復して退院できる予定もたっていなくて、崇の入院生活に必要になってきたいろんな荷物を届けるのと、その逆に家に持ちかえる荷物がけっこうあり、そのためにどうしてもぼくが荷物持ちを手伝う必要があった。

結果的には裕が納得しないまま強引に病院に行くことになった。面会の許される時間は午後一時から三時までのあいだなので、往復の時間を入れるとほぼ一日がかりになる。

こういうとき、つぐも叔父《おじ》が以前のように景気よく裕の話し相手になってくれたら、さして心配にならなかったが、夏の終わりに起こった例のとんでもない「いいがかり」のような事件で「貝灰工場」の臨時雇いがクビになり、さすがのつぐも叔父もその憤懣《ふんまん》はしばらく収まらないようだった。

怒りで黙り込んでいることが多くなったり、逆にふさぎ気味になっていたつぐも叔父だったけれど、納得できないまま、間もなくして花見川の土砂運びの臨時日雇いの仕事が決まり、今はそこにかよっていた。

体はきついけれど、つぐも叔父もそういう肉体労働に没頭できたほうが気持ちの上ではなんとか紛らわす方向に行っているようで、以前ほどのあっけらかんとしたつぐも叔父にまでは戻っていなかったけれど、少しずつ元気になっているのがわかった。

そのつぐも叔父の仕事は土日の休みはなかったが、賢三君がいることだしジョンとハチもいる。長兄も週末は早く帰宅する、ということになり、裕はなんとか留守番を納得したようだった。

そんなふうにしてまで気をつかわず、いっそ裕も連れていったらいいんじゃないか、とぼくは見慣れない単線の私鉄電車に乗って崇の病院に着くまでぼんやり考えていた。

その私鉄電車は大きな市場のある駅から出ている。父がぼくを一緒に市場へと連れていってくれたのは、逝く前の年までだった。あの頃から父は自分の体の衰えをじわじわ感じていたのだろう、と今になるとぼくにもそのへんの変化の背景がわかってきた。

一時間に一本、という単線の私鉄電車に乗って、そこからさらにバスに乗っていくというかなり遠い田舎の場所にあるようだった。

田園が広がり、大きな出来すぎの青空の下にバスに乗り換える駅があった。バスが出るまで三十分ぐらい待ち時間がある。普段のぼくだったらそのくらいの時間があったらちょっとそこらを回ってきたりしているが、その日は母の隣でじっとしていた。そうしてバスに乗ると母はあまり喋《しゃべ》らなくなっていた。ぼくも母もいくらか緊張している気がした。

田舎道を揺られて目的のバス停留所のすぐ近くにその病院はあった。木造二階建てぐらいのむかしの学校のようなところだった。

簡単な受け付けをすませ、少し廊下を歩いていくと学校の教室のような部屋があり、そこで面会するようだった。部屋には早くも傾きはじめた秋の日差しが斜めに入り込んでおり、すでに三組ほどの面会者がテーブルを挟んで差し向かいになって、小声で何やら話をしていた。それぞれのテーブルの上には自分たちで持ってきたらしいお茶菓子、魔法瓶に入れた飲み物などが並べられ、それらを口にしておだやかに談笑していた。

母はまだ日差しが入ってきている窓際のテーブルを選び、そこに持ってきた荷物を置くと、その部屋の係らしい人のところに行って、なにやらもう一度手続きのようなことをしていた。

ぼくは椅子にすわり近くの窓から外を眺めていた。学校の校庭みたいな広場があり、それを囲むようにプラタナスの木がキチンと等間隔に並んでいた。

手続きをすませた母が戻ってくると、すぐに持参した布袋から飲み物や菓子類らしきものを取り出してそこに並べた。

ほどなくしてガラス戸があき、母ぐらいの年恰好《としかっこう》のおばさんに連れられて崇が入ってきた。医者か看護婦のような人が引率してくるのかと思っていたが、そんなものものしさはなかった。それをシオに先にその部屋にいた一組が荷物を片づけはじめ、それぞれ声に出して笑いながら部屋から出て行こうとしていた。

崇はびっくりするほど太っていて、顔も腕も倍ぐらいになっていた。薄いブルーの、かなりキツキツのパジャマみたいなシャツに白いトレパン姿で、暖かそうな靴下にスリッパを履き、ごくごく普通に母とぼくのいるところにやってきた。

思いがけなく自然な動作と顔つきだった。

ぼくは病室に行ってベッドのそばなどで会うものと思いこんでいたので、その自然さに驚いていた。

「やっ。ありがとう。今日はマコトも一[redacted]なんだね」

崇はいままで見たこともないくら[redacted]やかな表情をしていた。ぼくはこの建物に入ったときから無闇に緊張していたのだけれ[redacted]、それがすっかりはぐらかされたような穏やかな再会だった。

「また今日も里見《さとみ》饅頭《まんじゆう》を持っ[redacted]きたわよ」

母はそう言いながらセッ[redacted]とテーブルの上に持ってきたものを広げ、ちょっとした食堂のテーブルのようにしてい[redacted]

「あっ、嬉《うれ》しいな、ち[redacted]うど三日前ぐらいに切れていたんだ」

崇がそういう饅[redacted]好物、ということは知らなかった。母は持参した三つのプラスチックカップに、やは[redacted]持参した魔法瓶からまだ熱そうな紅茶をそれぞれのカップに注ぎながら、

「それでリハ[redacted]リのプログラムはどうなっているの?」と聞いた。

「うん。内[redacted]さんが、まあまあ順調ですよ、って言っていた」

崇はひとつめの饅頭を手に取りながら思いがけないくらい快活に言った。

崇は太ったぶん以前よりもずっと温和に見えた。話しはじめると、ぼくが小学校二〜三年生ぐらいの頃に、家の庭や屋根の上に登っておもちゃのピストルやライフルで騎兵隊ごっこなんかやっていた頃のおもかげに、いくぶん戻っているような気がした。

とぼくは最初そう思ったが、母の表情で実際のことらしい、となんとなくわかった。相当厳しいところで治療しているんだ。と、ぼくはしんとした気持ちになってしばらく黙っていた。

崇は母とぼくが見舞いにきたのが嬉しくてたまらないようだった。いままでの崇はどこへ行ってしまったのだろうか、と思わせるような快活さでどんどんいろんな話をしてくれた。

崇の快活なお喋りを聞いているうちにどんどん時間がたって、一時間の面会時間はたちまち経過した。母は持ってきた着替え用の衣服の入った袋や菓子などをまとめて崇に渡し、かわりに崇の持ってきた洗濯物の入っている袋を持参したバッグに入れた。里見饅頭は紙に包んで別の袋に入れてあった。

「これは一日にひとつだけ食べるのよ。午後のおやつでもいいわ。ただしそれでも一日にひとつだけよ」

「うん。そうするよ」

崇は言った。

病院の外までぼくたちを見送りにきてもいいことになっているらしく、さっきまでずっとガラスごしに見えていたプラタナスの木で囲まれている庭まで、崇は送ってきてくれた。ここに来たときはなかった風が、今は上空をけっこう強く走っているようだった。

「また来週きますからね」

母は言った。

「うん。待っています」

笑って言う崇の顔の背後に、だいぶ傾いた秋の夕日があった。見上げる崇の顔にはうっすらと汗が浮かんでいるのが見えた。山に囲まれた森林の多いところだ。もう外は結構寒くなっているのに、崇はパジャマみたいなのを一枚着ているだけだった。ふいに遠いところからトランペットらしいものが鳴り出した。誰か入院患者が練習しているらしい。

「じゃさようなら」

「またすぐくるからね」

母は言った。それから三百メートルぐらい先にあるバス停までときおり振り返ると、崇はずっと同じ姿勢のまま見送っていて、ぼくは、早く内田さんが崇を迎えにこないか、と心配になった。トランペットはときどき音程をはずしながら、まだ遠くで聞こえていた。

再びバスに乗り、ぼくと母は並んで座ったが、そのままずっと黙っていた。

マサルとカッチンがやってきて、今度の日曜日にフッキリまで遊びに行こう、と言ってきた。二人はぼくが母と崇のお見舞いに行っているときに、いつもの仲間とひさしぶりにフッキリに遊びに行っていたらしい。しばらくそこに行かないうちに何度か大きな崖崩れがあって、いままで知っていたフッキリとはずいぶん変わっていて、面白い遊びがいろいろできる、とカッチンは不思議なくらい息を荒くしてそう言った。

そこは海と花見川と同じくらい小学校の頃からときどき遊びに行っていたところだったが、海や川とちがってちょっと距離があるので、行けてもひと月に一回ぐらい、というところだった。小学校の卒業とか中学の入学とかいろいろあって、考えてみたらもう一年近く行っていない。

フッキリは高さ三十メートルぐらいの赤土の崖が海にむかって続いているところで、時々崖崩れがあってちょっと行かずにいると風景が変わって見えてしまうくらい崩壊している。崖の上は松を中心にした貧弱な林があって、崖崩れのときに場所によっては、その根が上のほうの赤土を押さえて崩落を防いでいるようなところがあったが、古い松になると木の根力をなくしていて防ぎきれずに、幹や枝を道連れに崩れ落ちてきてしまうことがある。

すると松の根についているいろんな虫が同時に崖下に落ちてきて、ときどきぼくたちが「赤虫」と呼んでいる大ムカデが巣ごと落ちてくることがあった。歳上《としうえ》の知り合いなどに聞くと、季節にもよるけれど長さ二十センチぐらいのもいるそうだ。赤いムカデと褐色のムカデの二種類いたが、赤ムカデの大きいのを捕まえて牛乳瓶などにいれて、むかしこの町の漁業が栄えていた頃、網元みたいな立場にあった通称「あかべんてん」のじいさんのところに持っていくと、そのムカデを一匹百円とか二百円という驚くべき値段で買い取ってくれたらしい。じいさんはそれを焼酎漬けにしてほかのところに流通させて儲《もう》けているらしかった。

だからフッキリに行くときは、ちょっとした宝探しのような気持ちになった。

「しばらく行かないうちに大崖崩れがあったんだ。崖上の松が十本ぐらい落下していて崖下に赤土山みたいのがいくつもできていてそれがもの凄《すご》く面白い」とカッチンなどはけっこう興奮した顔で言うのだった。

「フッキリかあ。そういえばあそこには一年ぐらい行っていないよ。どうなっているかときどき気にしていたけどね」

ぼくは敏感に反応して、次の週末に行くことを約束した。その頃はたいていみんなどこかしらから中古の自転車を貰ったり、永久に返さなくていい条件で借りたりしていた。けっこう距離のあるところだからみんな自転車で行くことになった。

ぼくのところにもつぐも叔父が通勤で使っている、重くて大きな実用自転車があり、ちょうど翌週はつぐも叔父がいま臨時で勤めている花見川のトンネル拡張工事のための雑用仕事で泊まりこみになっている、というのでつぐも叔父には悪いけれど、その日は歩いて現場まで行ってもらうことにした。そうしてぼくと賢三君はその自転車を交代運転しながら二人乗りしてフッキリに行くことが可能になった。

カッチンなどと大勢で遊びに行くのは久しぶりだったので、ぼくはその日また崇のところに見舞いに行く母に頼んで、弁当のために多めにごはんを炊いてもらった。水加減をちゃんと慣れた人にやってもらわないと、カツオブシおにぎりはときおりカツオがごはん同士の接着を妨害しておにぎりのどこかが割れてしまう危険があった。

だから水加減のしっかりしたごはんさえあれば、ぼくたちでカツオブシを大量に削って醤油《しょうゆ》にひたしてごはんにまぜ、それを握って海苔《のり》でくるむと無敵の「ネコめしおにぎり」が作れる。海辺の町なので海苔もうまいやつがいつも大量にあった。

その日の病院見舞いは、裕が母にくっついていくことになった。なんでも、ぼくが母と二人で病院に行った、ということがわかると裕はそこらのものを母に投げつけたりして、もの凄く怒ったらしい。母はぼくを連れていったとき、崇がけっこう喜んでいたのを見て、次に裕を連れていくことにきめたらしい。またそうしないと、ネコのハチと犬のジョンと裕が家の留守番ということになり、それはちょっと心配なことだった。

しかもそういうときはジョンは必ずぼくたちについて、どこまでも一緒に行動しようとするから、可哀相《かわいそう》だけれど綱でとめておくことにした。ハチだけの留守番ではちょっと心配だったし、フッキリにはマムシなどもいるので犬を放つと危険、とも言われていた。

ひさしぶりに見るフッキリは、カッチンたちが興奮しておしえてくれたように、以前の形を思いだせないくらいに崖崩れで乱れており、以前あった平らなところが落ちてきた赤土によってデコボコになっていた。ほぼ垂直になった崖の上のほうは空中に迫《せ》り出していて、その上には覆いかぶさるように草や木がはえたままになっている。垂直だった崖は抉《えぐ》れていて、ちょっと大きな震動でもあるとまた上のほうがいっぺんにそっくり落下して、やがて全部が崩壊しそうだった。

赤ムカデ、褐色ムカデは、そんなふうに覆いかぶさるようになっている根の付近にいっぱいいることが多いのだけれど、その下に行くには子供の目から見てもいかにも危険だった。

落下した土はあちこちで小山をつくっており、その上には早くも生長の早いさまざまな草がはえ揃《そろ》っていて、当初は赤土だけの小山だったところが草木によって緑色になっていて、登ってみるとけっこう地面がしっかりしていた。もう少しほうっておくと、やがてそういうところにも松などの木がはえてきそうだった。そういう大きな草色の堆積山のなかには高さ十メートルぐらいのところもあった。

ぼくたちはみんなでそういう山を〝征服〟して歩いた。一番高い十二～三メートルある〝山〟に登ると、そこから向かい側の海がそっくり見えた。その山に登る前まで見えなかったが、端のほうに半分壊れて斜めにかしいだようになった小屋が見えた。海岸によくある漁師小屋のようにも見えたが、そのあたりには小舟をよせられる桟橋もないし、潮干狩りにはあまり適している場所ではなかったから、何のために建てられた小屋なのかまるでわからなかった。

その日、ぼくたちのフッキリ探検隊にはカッチンのほかにマサルや昭一など小学校からの仲間のほかに、中学でぼくと同じクラスになった尾羽《おば》やサブローなどがいた。賢三君も一緒だった。

ぼくたちは十二〜三メートルの一番高い山の上にみんなで立って、海のほうを眺めながら「ぜっけいかな、ぜっけいかな」などと言い合った。そのうち誰かが「だけどゼッケーってどんな意味なのかな」などと言いだした。

もう中学生になっているのに誰も完全に自信を持って正確なことを言える奴《やつ》はおらず、やがてサブローが「風呂屋に描いてある絵みたいなもんじゃないかな」と、やっぱりちょっと自信なさそうに言った。

「ああ、そうかあ」と誰かが言った。

「ああいう絵には富士山と青い海に帆かけ船なんかが浮かんでいるぞ。だけどこのフッキリにはこんなドロンとした海が似合っているのかも知れないな」尾羽が言った。そして「この海にはこういう風景がいい」と賛同する者がいて「これも絶景」ということに決まった。

しばらくすると他の誰かが「ワッセワッセ」と言いながら自転車をその山のてっぺんまで運んできたので驚いた。マサルだった。

「おお！」

ほかのみんなもその根性をほめた。

「でもこんなところを降りられるかな。タイヤめりこむぞきっと」

わりあい慎重な昭一が言った。

「やってみなくちゃわからないよ」

マサルが言った。マサルが乗ってきた自転車は、小学生なんかがよく乗っている子供用自転車だ。

「ここにあげてくるまでに、タイヤがきっちり沈むようなところもあったけれど、けっこう固いところもあったよ。だから場所によるみたいだよ」

「もう少し低い固い土になっているとこで試してみるといいんじゃないか」

尾羽が言った。尾羽の背恰好はぼくと同じくらいだった。小学校の頃に近所の青空剣道練習所で剣道をやっていたという。何時《いつ》も先生に竹刀《しない》で思いきり頭を叩《たた》かれていたからぼくの頭は外も内側もダメなんだ、と尾羽は言っていた。

青空、というのは「野外」という意味だった。尾羽は中学生のわりには思慮深く、感情的になることはなかった。そして彼の言うことには説得力があり、みんなが賛同して行動することが多かった。

高さ五メートルぐらいの小柄な山が練習候補になった。その山に自転車をもちあげたのはまたもやマサルだった。

「登るときにできるだけ固い地面を探していくといいよ」

たしかに尾羽の言うとおりだな、とぼくは思った。同時にああいう頼もしい奴がぼくたちの仲間になるのは嬉しいことだ、と思った。

さっきの半分より低いぐらいの高さだったからマサルはすぐに頂上につき、「さあ、マナスル探検隊が一気に地上をめざします」と、自転車にまたがってすぐにでも滑りおりそうな恰好をした。

「固い地面だったかあ？」

ぼくは言った。

「大丈夫。あっという間だよ」

マサルは自信たっぷりに言い、同時にそのまま山を降りてきた。けれど頂上から二メートルも降りないうちに転んでいた。あっという間の出来事だった。

マサルにはなんの怪我《けが》も支障もないようだったので、ぼくたちは全員で笑った。

それから適当な山をめざして、みんながマサルのようにして自転車で小山の自分でやれる高さまで行き、自分の判断で山を降りてこられるようになった。それができた山は成功した者の山、ということになった。

こんなふうになるといきなり元気になって挑戦的になるのがオッチョコチョイのぼくだった。ぼくはそこらの山で一番高い、最初に全員で頂上に登った高さおよそ十三メートルの山から降りてくることをめざした。さっそく自転車をひっぱってそこに登っていくと反対側から登ってくる奴と出会った。尾羽だった。

ぼくと尾羽は仲間のなかで一番大きな体をしていたので、考えることも似ていたのかもしれない。

ぼくも尾羽も同時に笑った。

「ここだってできるよな」

尾羽が言った。

「やっぱり固い斜面をちゃんと調べることが大事だと思う。ぼくはそれをいま調べてあがってきた」

ぼくは強がりを言った。

「できるだけ南に向いている斜面を狙うのがいいんじゃないかな。太陽によって南側は草のはえている密度が濃い」

うひゃあ、と思うくらい尾羽の意見は思慮深かった。

尾羽の指さす方向を見ると、そこにはいま尾羽が牽《ひ》いて登ってきた自転車の轍《わだち》のあとがちゃんとある。

「やってみようか。最初はブレーキをきっちりかけてスピードを抑えたほうがいい。足をひろげて倒れそうになった方向のほうを足でカバーする」

「ぼくもそう思ってた」

尾羽にもう負けている、と思いながらぼくは負け犬にはなりたくなかった。

「じゃ、先に行くよ」

という声と同時に、尾羽はもうぼくの視線の先にいた。負けじとぼくも降りていく。実際に降りていくと、練習した他の七〜八メートルぐらいの山よりもの凄い加速だった。ブレーキがきしんだ音をたてて、ぼくのまたがった自転車が左右に勝手にがしがし揺れる。そうして倒れそうなところで足をだしたら、そこから傾斜がさらにきつくなり、ぼくは残りあと三分の一ぐらいのところで転倒していた。倒れた直後にはどこも痛くはなかった。ぼくの視線の先にまだ自転車に乗ったままの尾羽の顔が笑っていた。

「大丈夫？　どこも怪我しなかった？」
「うん。大丈夫。けっこうバランスが難しかったけれどなあ」
「そうだよな。ぼくは奇跡的に固いルートを行けたみたいだ」
そのときぼくはいまの様子を誰かに見られていないか、ということだけが気になっていた。

ほかの仲間には知られてはいなかったけれど、ぼくは尾羽に対してなんとかこの屈辱を晴らすことはできないだろうか、と考えていた。そうしてもう少し高い山はないだろうか、とあたりを見回していたが、もうそこより高そうな山はなかった。それよりもさっきみんなで見つけたデコボコ山群地帯の端のほうで見た、半分つぶれかかった小屋がなんだか魅力的に見えた。とくに何か目的があるわけでもなかったが、まだみんなが確認していないあの小屋に行けば何か偶然凄い発見があるのではないか、と思ったのだった。

自転車を置いて一人でその小屋のほうにむかった。海側を行けば嫌でもそこにつきあたるところに、ひしゃげた小屋はある。

小屋はそのなかを覗《のぞ》いてもなんのために作られたのかわからなかった。海側にむかしから開いていたらしい空間がポカンと口をあけており、その横に板戸がとれた入り口があった。なかを覗くと海のゴキブリともいわれるフナムシが、一斉に小屋の隅に逃げていくのが見えた。小屋のなかには人間がギアつきのハンドルで回転させてワイヤーを巻き取る装置の残骸があった。海岸ではこれを使って船を巻き上げるのでよく見る機械だった。

フッキリには小学校四〜五年の頃にときどき来ていたのだけれど、そういうふうにして船を浜にあげる装置を見たことはなかった。何か目的があってほんの数年使われていたものだろう。それを見てぼくは海岸で鉄屑《てつくず》を拾い集めていたおっさんのことを思いだした。ああいう人が見たら小躍りするようなタカラモノがこの小屋にはいっぱいあるのだろう。

小屋の周りをひとまわりしていると、板や細い角材が沢山転がっているのが目に入った。そうしてそのときぼくの頭のなかでなにかがピカッとはじけるのを感じた。素晴らしいアイデアがひらめいたのだ。

長さが二メートルぐらいで幅が三十センチぐらい、厚みが一〜二センチぐらいの板を探した。もうひとつそれと同じくらいの厚みで長さは一メートルぐらい、幅は二十センチもあればいい。小屋の外に立てかけてあるのはもうあらかた腐っていて、ぼくの思いついた目的にはかなわないが、走り回るフナムシを追い払いながら小屋のなかに入って探してみるとなんとかそれに近いものを見つけることができた。持ち上げてみると、小屋のなかに入っていたとしても長いあいだ海風や入ってくる雨しぶきによって、けっこう水分を含んでいるのだろう、大きさのわりには重かった。

そのあいだに偶然ハリガネの束を見つけた。ぼくはロープを探していたのだがハリガネでもいい。切断するには何回も折り曲げを続ければなんとかなるから、カッターもナイフもない状況ではロープよりもいいかも知れない。

それらをかついでもとの小山だらけのところに引き返した。つぐも叔父の自転車を探す前に大勢の声がするほうにむかった。仲間たちは手頃な山を上手に滑り降りては大騒ぎしている。マサルが乗ってきた子供用自転車が人気のようでみんながそれを順番に待って山の上までもちあげ、上手に滑り降りている。賢三君もその順番待ちのなかにいた。だからつぐも叔父の自転車は、あの高い十三メートルの山のところにぼくが置いてきたままで転がっている筈《はず》だった。

みんなはぼくが板を担いで現れたので、いったいそれをどうするんだ？　という顔で見ている。ぼくはとにかくにわかに注目を集めたのだ。しめたものだった。

「みんなちょっと手伝ってくれ」

ぼくは言った。もうそこまで担いでくるのに肩や腕がだいぶ痛くなっている。

「何すんの。そんな板で？」

昭一がいつものちょっと女の子みたいなカン高い声で聞いた。

「これから世紀の大実験をするんだよ」

そういってぼくはつぐも叔父の自転車のところにむかった。全員があとについてきた。ぼくが持て余した板などを担いでくれている。

作戦は簡単だった。つぐも叔父の自転車をちゃんと起こして、スタンド装置をかけて安定させる。それからまずハンドルのところに長さ三メートルはある板を載せた。つぐも叔父の自転車は実用自転車というやつで、どれも頑丈なフレームでできている。ぼくは一緒に持ってきたハリガネでその板をハンドルにくくりつけた。思った以上に簡単にその板を水平に縛りつけることができた。

「わあ、なんだこれは？　ヒコーキみたいだ。自転車ヒコーキ！」

「本当に世紀の大実験だ」

みんながまわりで騒いでいる。ぼくはすっかり気分は大発明家になっていて、そのあとすぐに長さ一メートルぐらいの板を後ろの荷台に取り付けた。大きくて平らな荷台に取り付けるのだから、後ろのほうはハンドルにくくりつけるよりも楽な仕事だった。

そうして見るからに勇壮な小型自転車飛行機が完成していた。

「これで山から滑り降りるの？」

賢三君が聞いた。

「いや滑り降りるんじゃなくて飛ぶんだ。なにしろ自転車ヒコーキだからさ」

「無理だよ。それではあまりにも重すぎる。そんなんじゃ飛べないよ。へたすると怪我をする。自転車が倒れて板が割れたらその破片が危ない」

尾羽がいきなり言った。

「飛べないとどうしてわかる？」

ぼくは半ばムキになっていた。

「もしそんな程度の細工で空を飛べるとしたら、世界中でもっと昔からいろんな自転車ヒコーキが発明されていた筈だ。でも現実にはそんなのないだろう」

尾羽の話しかたは静かで説得力に満ちていた。

「マコト君。やめたほうがいいよ」

賢三君がいつもより大きな声でいきなり言った。

「斜面で転んでしまうのだけでも危ないのに、そんなお手軽な装置で人間が飛ぶなんて」

普段おとなしい賢三君だったが、その声や顔が真剣だった。

ずっと以前、賢三君は子供むけに書かれたヒコーキの本を読んでいて木っ端を使っておもちゃのヒコーキを作り、翼の端に穴をあけ紐《ひも》をつけて自分が円の中心になって、そいつをぐるぐる飛ばしていたことがあったのを思いだした。

怪談　カリコツ

秋もだいぶ深まった頃、つぐも叔父《おじ》がけっこう長い工事現場の出張から帰ってきた。つぐも叔父はもともと色が黒かったが、野外で働く仕事が続いていたのだろう、夏のさかりの頃よりもさらに真っ黒になっていて元気そうだった。

まだ午前中なのでぼくたちは庭で適当な思いつきあそびをしていたが、いいあんばいに、朝食あとの便所から出てきた賢三君とつぐも叔父は庭先で顔をあわせる恰好《かっこう》になった。

「めし食うたとや」

つぐも叔父がいきなり言った。

「ん、ううん、あの、べ、便所だ」

賢三君はいきなり父親と顔をあわせたので、ちょっとびっくりしたのか困惑したような顔つきと言葉になった。

「便所ならわが部屋にあるやろうもん。わざわざ母屋《おもや》をよごしたら、駄目やろうが」

つぐも叔父が少し叱るように言った。

ぼくはいくらか焦ったようなあんばいで、その会話に強引にまじりこんだ。

「こっちの家作のほうの便所のくみ取り口の隙間からねずみが入り込んでくるようになって、衛生に悪いからって、いま賢三君とこの部屋の便所は使えなくしてあるんです」

「ねずみ？　ねずみがくるとや」

つぐも叔父は少しびっくりした顔で言った。ぼくは大きく頷《うなず》く。

「そげんやったら、外のくみ取り口を強か蓋にして、はいらんごとしたら、よかろうもん」

つぐも叔父は言った。

まあそうだろうけれど、このところちょくちょく賢三君の部屋にぼくと裕《ひろし》が泊まりに行くので、みんなで寝ているところをウンコがついたねずみが走り回っているんじゃ気持ち悪い、と言って三人の意見が一致し、賢三君の家の便所は「あかずの便所」にしていたのだった。

つぐも叔父は便所を使えなくしたのは、賢三君が勝手に決めたものとカン違いしていきなり怒っているのに違いなかった。

庭でのそういうちょっとした「さわぎ」を聞きつけて、母がつっかけを履いていまにも前につんのめりそうな恰好で庭に出てきた。

「帰ってくるなりなんの騒ぎだね。帰ってくるよと電話ぐらいしてくれればいいのに、まったくお前は気がきかないね」

いつもの母流でのっけから怒っていた。

電話を、と言ったって、ぼくの家にはまだ電話はなかった。

家の前の狭い道を幹線道路にむかって八軒ぐらい行ったところに長兄の「内祝い」に来てくれた大工のキョタさんこと、室石京太郎さんの家があって、その家が一年前くらいに電話をひいた。前から親しくしていた家なので、母はキョタさんに頼み、時々電話を使わせてもらうばかりじゃなくて、何人かよそからかかってくる電話を取り次いでもらうように頼んでいた。

取り次ぐと言ったって、母に電話がかかってくるとキョタさんの家族の誰かがぼくの家まで走ってその連絡をし、母がキョタさんの家の電話まで行く、ということになる。先方が忙しいときにはなんとも面倒なことになるはずだ。

ぼくの母はなんというかあけっぴろげで、強引で、けっこういろんなことにあつかましい、というケタタマシイ性格だったので、電話の取り次ぎという強引なことをずんずん頼み込んでやらせてしまう、というところがあった。それでつぐも叔父に手紙で「なにか急ぎの用があったら、電報よりも早いし確実だから、室石工務店に電話をかけて呼び出してもらいなさい」と伝えていた。姉弟といえどもつぐも叔父のほうはもう少し遠慮深いので、母の言うようなことは実際にはやらなかったのだろう。

「ときどき連絡よこせばいいのに。心配していたんだからね」

母はいつものように大騒ぎしてつぐも叔父を家の中に入れた。庭に出ていたぼくたちも母屋に上がり込んでつぐも叔父をとりかこんだ。つぐも叔父はいつものように笑顔を見せてはいたが、その笑顔にはちょっと迷惑そうな気配があるような気がした。

「いいや、姉さん、仕事ん休みがちょこっとできたけん、ひさびさ寄っただけやけん、なーんも心配せんでよかよ」

つぐも叔父は台所のほうに行ってガタゴトやっている母に聞こえるように大声で言った。

それから少し困ったような顔をしている賢三君にむかって、「どうや。学校は少し慣れたとや。勉強ば、ちゃんとしとるや」と少し優しい顔になって聞いた。

実の父親だというのに賢三君はまだ少し困ったような顔をしてコキザミに頷いていた。

「みんなにいろいろ面倒みてもろうて有り難うな」

つぐも叔父はぼくや裕を交互に見て言った。

「ぼくたちはいま賢三君の部屋に泊まりにいくことが多いんだ。その反対もあるけれどね」

ぼくはつぐも叔父に言った。

「そうや、そりゃよかった。わしゃそのあたりのことを、すこーし心配しとったとよ」

つぐも叔父の笑顔は本物になった。

それから置いてあったドンゴロスの袋を、思いだしたように傍らに引き寄せた。

「こりゃお土産《みやげ》たい。そげんゆうてもたいしたもんじゃなかけん」

言いながらドンゴロスの袋の中から新聞紙をうまく折って糊《のり》でつけた、その頃一般的だった紙袋を引っ張りだして「みんな食いやい」と言った。

裕がねずみみたいな素早さでその紙袋をあけると、色はせんべいみたいだけれど丸いボールみたいな形をしたものがいくつもあった。

「げんこつせんべいちゅうとたい。見てわかるごつ、これをもって、みんなの頭ばゴツンとやったたちコブができるね。そればってんいっぺんかじってみてんや」

子供たちはみんなそれを一個ずつ貰《もら》って、さっそくかじりはじめた。

「わあ本当だ。これ、本当にせ、せんべいみたいな味がする」おとなしい賢三君が言った。

「さあみんな食いやい。わしが仕事しよった黒部《くろべ》の山のほうじゃ、せんべいゆうたらこのげんこつたい。みーんな一日一個は食いたい、と言いよるとよ。ばってんそげん買えんけんね。山の中の人はみんな辛抱強かけんね」

間もなく数年前から頼まれて講師をしているソロバン塾から帰ってきた長兄もまじえて、その日は久しぶりに大勢で賑《にぎ》やかな夕食になった。つぐも叔父は酒を飲みつつ働きに出ている富山の工事現場の話や変わった食べ物の話なんかを、ますます景気よくなって沢山おしえてくれた。

ふだんお酒をいっぱい飲む人がいない家だったから、一人でも大きな声で話をしてくれる人がいると夕御飯の席はまるでまつりのようになった。

つぐも叔父は長期にわたる出稼ぎに出る前よりも、何倍か陽気で元気になっているように思えた。

でも夜の九時になると子供たちは「もう寝なさい」と言われ、つぐも叔父が家作に戻るときまで賢三君は母屋でぼくたち兄弟と一緒にいることが許された。大人たちはなにかいろいろ話があるようだった。

それをいいことにぼくたちは布団の中にもぐり込んでいろんな遊びをした。その夜は賢三君がいつもより断然元気だった。吃音《きつおん》もずいぶん少なくなっているのに改めて気がついた。

つぐも叔父は一晩泊まって翌日の夜行列車でもう富山のほうに帰るというから、本格的に眠る時間になったら、賢三君とつぐも叔父は庭の家で一緒に寝ることになったらしい。

逆に言えばそれまでの時間、ぼくたちは布団の上や中で遊び回っていいのだった。

ぼくは賢三君に、つぐも叔父と久しぶりに会ったんだから何かお土産とか記念品みたいのを渡したらいいんじゃないの、と言った。

賢三君は、ぼくが予想したように、いつもみたいにまるっきりはにかんで、「そ、そんなのいいよ。だいいち、な、なにもないよ」

なんのつもりか体の前で両手をぐるぐる回しながらそう言った。それは賢三君独特の遠慮とこばみの動作だった。

「久しぶりに会ったんだから、本当になにかあげたほうがいいよ。なんだったらそれはぼくにまかせてくれるかい？」

ぼくは言った。もう中学生なんだからそのくらいの気づかいがあっていい、と自分で思った。

とはいえ、どんなものがいいんだろう、とぼくもやや考えてしまった。裕と賢三君がたわいもないことでふざけあっているうちにぼくは、家作の賢三君の部屋の中に入った。

出稼ぎ仕事中のつぐも叔父だから、そんなにかさばったものは相応《ふさわ》しくないだろうと思ったので、賢三君が最近描いた絵なんかいいかな、と思ったけれど部屋に入ると彼の描いた絵などは一枚も貼ってなかった。

そうだったんだ。

大きなカン違いに気づいたあとで入り口の土間のところに、ずっと前に賢三君が作った、片方の翼の端にあけた穴に麻紐《あさひも》を結びつけてクルクル回していた、不思議なヒコーキ模型が転がっているのに気がついた。

ヒコーキは賢三君が作った、あの「ゼロセン」だった。その頃は紙ヒコーキとか組み立てキットのゴム動力で回す紙貼りの模型ヒコーキなどはあったけれど、賢三君のそれはまさに異色だった。見ているものが、ああそうか、こうしてグルグル回してもいいんだ、と感心するようなリッパなヒコーキだった。

材料がたいしてなかったのでそんなに大きなものではなく、一番長い主翼で二十センチぐらいだった。木切れで作ったので頑丈で、それならつぐも叔父の荷物の負担にはならないだろうと見当をつけた。

ぼくはそれを持っていき、賢三君に「これをつぐも叔父のお土産にしたい。ぼくから渡すからいいだろう」とことわった。

「そ、そんなのでいいかなあ」

賢三君は彼らしく少しとまどったようだった。でもそれで本人の許しを得た、ということだ、とぼくは解釈した。

明日のつぐも叔父の荷造りを考えて、今日のうちに渡しておいたほうがいいだろう、と思い、茶の間に行った。

茶の間はさいぜんまでの陽気な歌や賑やかな話は静まっていて、もしかしたら大人たちの宴《うたげ》は終わったのかな、といぶかしみながらどんどん部屋に近づいていくと、母も長兄もつぐも叔父もさっきまでと同じところに座って三人で静かに話をしていた。

ぼくは茶の間に近づいていくときに、母や兄などが喋《しやべ》っている言葉のなかに微《かす》かに「タカシが……」という声を聞いたような気がした。部屋に入っていくのをやめようか、と一瞬思ったけれど、それではかえって不自然になることがわかったのでそのまま部屋の襖《ふすま》をあけた。そのときテーブルの上の端のほうに百円札のかなり厚い束がおいてあるのと、さらに母が急いでそれを自分の荷物の中に隠し入れるような動作をするのが見えてしまった。いっぺんに居心地の悪さを感じたが、何もなかったようになんとかいずまいをこしらえた。

母は「まだおきてたの。あんたたちは明日学校でしょ。もうみんな寝支度をしなさい」と、すこし怒ったような声で言った。

その部屋の空気全体に、大人たちの大事な、少し秘密めいた話がそれまであったような気配を察したので、ぼくはとっとと賢三君のヒコーキをつぐも叔父に見せ、それがいかにカッコよく空を飛んだか、ということを話した。だからこれを賢三君からのお土産として持っていってほしい、と。

つぐも叔父はぼくが渡した、何度もドロに落ちて汚れたあとのあるヒコーキを手にとって、それを裏返したり、先端を自分のほうに向けたりしながら、いきなり両眼からポロポロ涙をこぼし、それをその場にいたみんなが見つめた。そしてつぐも叔父はその涙を隠したりしなかった。

小学校から中学に上がって何よりも面白く、大きな刺激になったのは、科目ごとに担任教師が入れ代わることだった。

教師によっていろんな人柄があり、個性があり、まずそれに慣れるまでが楽しかったり愉快だったり警戒したりした。

先生はそれぞれみんな違う考えかたで授業をすすめるのだ、というまったくあたりまえのことが、中学生になったばかりの頃はとても面白かった。

国語の子安《こやす》先生は教室に入ってくると、どういうわけか首を右や左にはげしくゆする癖があった。普段廊下などですれ違うときはそんな動作はとくになく少しうつむきかげんに革のスリッパをひきずるようにして歩いていた。

朝など「おはようございます」と挨拶すると、こちらをちらっと見て口のなかだけでごによごにょ答え、たぶん、おはよう、と言っているんだな、とぼくたちはみんなでそう確認しあった。

ソラマメというあだ名の理科の教師はいつも医者が着るような丈の長い白衣をはおっていて、顔も態度も明るい気配に満ちていた。

ソラマメというあだ名は細長い顔が似ているからだ、というのだがぼくはソラマメよりもえんどう豆に似ていると思った。

気持ちのいい話しかたをする教師で、君たちは毎日の生活のなかで「不思議だなあ」と思うことがときどきあるでしょう。少しでもそう思ったらその気持ちを大切にしてほしい。そういう気持ちをいっぱい持ったむかしの偉い人にダーウィンという学者がいて、ダーウィンはいろんなものを見ていろんな「不思議だなあ」という気持ちを追求していった。そうしていろんなものや考えかたを発見した。そういうダーウィンの「不思議頭」をみんな大事にしてほしいんだ、と一番初めに自己紹介で言った。

ソラマメ先生は話す言葉に力とやさしさがあった。

そうか理科って面白そうだなあ、とそのときぼくは思ったのだった。

歴史の宮島先生は第一時限に現れたのに、驚いたことに、挨拶も自己紹介もなにもなく、いきなり教科書の最初の章を読みはじめた。丸い眼鏡《めがね》をかけて喋る言葉は一本調子で、まだその日の授業が始まったばかりだというのになんだかクラス中の生徒が催眠術をかけられたような気がした。だから最初のときからこの宮島先生の授業時間はなにか内職をしたり本を読む時間だな、とみんな思ったようだった。

ぼくのクラス担任の吉野先生は音楽が専門であだ名はベートーベンという非常にわかりやすいものだった。本人もかなりむかしから自分はベートーベンだ、と思っているらしく、髪の毛はちょっと長いザンバラ。いつも黒スーツを着ていて「絶対笑うもんか」というふうに、どんなときでも顔中に力をいれていかめしさをずっと演出しているようだったが、背がぼくたちとかわらないくらい低かったのであまり迫力がなかった。

こうして紹介していくとキリがないが、とりあえずここでは英語の花崎先生をなんとしてでも紹介しておきたい。

この教師は柄つきのシャツに黒い革のベストを羽織る、というのが基本の服装だった。

花崎先生はその芸能人みたいな衣装のわりになにか不思議な訛《なま》りがあって、それが普段の会話のなかでいきなり現れたりするのが面白かった。本人はそのことに気がついているのかどうか、というのがぼくたちの最初の頃の楽しい笑い時間だった。

五回目ぐらいの授業のときに、「今日はな、ちょっと問題のある日だから英語の授業を離れて、君たちにちょっと面白い話をしようか」と不思議なことを言った。授業を休むんならなんでもとにかく大賛成なので、みんな「わあ」などと言って大拍手をした。

「じゃあ、ちょっと窓際の生徒はごくろうだけどカーテンをひいて暗くしてくれないか」

何が始まるのか見当がつかなかったけれど、それでますます興味津々となった。

ほかの授業と違ってクラス中の生徒がみんな花崎先生を見つめ、しんとしてなんの話が始まるのか待っている。

「この話はね、先生がまだ若い頃に親しい友人から聞いたんだ。少し怖いけれどまあ静かに聞いてくれや」

いきなり「怖い話」が始まるというのだから、みんなすっかりよろこんでシーンとなった。

「その友人は家が貧しかったので、中学の頃に新聞配達のアルバイトをしていたんだ。あれは朝早く起きての仕事だからな。配達アルバイトはその新聞配達所にみんな泊まり込んでいたんだ。みんな裕福じゃないから、五人いる配達員は四畳半の部屋に頭をそろえてイワシのくし刺しみたいになって寝ている」

そこでクラスのところどころでちょっと軽い笑いのようなものがおきた。でもそれからどんな話になっていくのか見当もつかないから、教室はすぐに水をうったようにシーンとして、校舎のあちらこちらからうっすら聞こえる生徒たちの声や廊下を行く誰かの足音なども聞こえてくる。

花崎先生の話はよどみなく続いた。

「貧しくてそういうアルバイトをしているのだから、夕食などを出してもらえてアルバイトの人たちはとても満足していたんだな。でも朝が早いからみんな午後九時には寝るように言われていた。みんな素直な青年ばかりだから言うことを聞いて九時の消灯は守り、それぞれに昼間の仕事や学業の疲れもあるからみんなおとなしく早く寝たんだな」

クラス中の生徒はみんな首だけカメみたいに前のめりにさせて、いったい何がおきるのか話の続きに集中している。

「ある日のことだ。たしか夜中の二時頃だったらしい。友人は部屋の一番奥の押し入れ側が寝場所ときまっていた。それで夜中にトイレに行きたくなって目をさましたんだな。トイレといっても小便のほうだ。いつも寝入ると早朝までぐっすりだったらしいが、その日は珍しくそういう状態になったらしい」

花崎先生はそこで少し口をつぐみクラス全体を見回した。まだ怖い話はまったく始まっていないのに、そういうふうにされるとカーテンで少し薄暗くなっている中で、花崎先生の痩せてどことなくいろんなところがとんがっている感じの顔が、ちょっと薄気味悪く見える。

クラス中がしんとしたなかで花崎先生の話は続く。

「布団から出ようと思ったちょうどそのとき、友人の寝ている場所の反対側の端、廊下に一番近い布団からむっくり起き上がる者がいる。その男はぼくの友人より少し歳上《としうえ》だったらしい。前からそこに勤めていて、寝場所は廊下に一番近い側、と決まっていた。

彼は、そいつが同じようにトイレに行くのだと思って、また布団の中にもぐり込み、そいつがトイレから戻ってくるまで待っていた。ところが通常の小便にしてはえらく長い時間がかかりすぎる。長い時間をつかう大便なのかと思って待っていたんだけれど、それにしてもあまりにも遅い。友人の小便も我慢の限界にきている」

そこでいったん話を中断し、クラスのみんなに話しかけた。

「誰かトイレに行きたい奴《やつ》はいるか。いまのうちに行っておいたほうがいいぞ」

花崎先生の問いかけに誰も動かない。

「じゃあいいんだな。話を続けるぞ。友人は、我慢できなくなってトイレに行った。でも先にトイレに行ったはずの男の姿はまるで見当たらなかった。おかしいな、と思いながら用をすませ寝部屋に戻る途中で、廊下の外のむこうでチラッと灯のようなものが見えたらしいんだ。その方向には墓場がある。いま見た灯はその墓場の方向に違いなかった。友人はすっかり目が醒《さ》めてしまったので廊下から外に出たんだな」

花崎先生は効果的にそこでまた口をつぐんだ。

シンとした教室の中で、誰かがゴクリと生唾《なまつば》を呑《の》み込む音がした。

「真夜中の道を三十メートルぐらい歩いたところに墓場がある。昼間などはその前を平気で行ったり来たりしていた道だった。友人はさっき見た灯をさがしてその墓場のほうに行ったらしい」

ゴクッと今度は違う方向から唾を呑み込む音が聞こえた。

「墓場の中に入っていくと先のほうにおぼろな灯が見えた。小さなローソクの灯だったらしい。その前にしゃがんでいる誰か人のような影が見える。友人はその方向にそおっと進んでいったらしい。すると闇の中だったけれど細い月と星あかりの中でひとつの墓の前に座って何かしている人の姿が見えてきた。そいつは墓にむかって背中を丸め、熱心に何か食べているようなしぐさとその音が聞こえてきた。そして怖いことに本人には見えていないのだろうけれどそのまわりをタマセンが三つほどふわふわ飛んでいたらしい」

「ヒーッ」

女子生徒が押し殺した悲鳴をあげた。

「カリッ、コリッ。カリッ、コリッ。ぼくの友人の耳にそれはよく聞こえた。間違いなくそれは墓から掘り出したカリコツを人間が噛《か》んでいる音だった」

「ヒーッ」

さっきと同じ女子生徒がまた低く叫んだ。

「ぼくの友人はその段階でこれはただごとじゃない、と思って墓場を逃げ出したらしい。

でも慌てていたので、不用意にそのあたりにころがっていた古竹の束を踏んでしまった。その音に墓場の前のその男が気がつかないはずはない。友人はとにかく慌てて寝場所に駆け込んだ」

ため息とも安堵《あんど》ともつかない、まだ存分に充満している恐怖の吐息がぼくたちの教室中に満ちた。

花崎先生はもうすっかり教室中の生徒をトリコにしてしまった気分だったのだろう。

「ぼくの友人は自分の布団にもぐり込んでまだ荒い息を必死に抑える努力をしたそうだ。まわりには鼾《いびき》が充満している。墓場から戻ってきたそいつがそおっと部屋に入ってくる様子がわかる。彼はまず自分の寝場所の隣、廊下から二番目に寝ている仲間のところに座って何かしている。ぼくの友人は薄目をあけて彼が何をしているのか、そおっと様子をうかがっていた。どうやら仲間の胸に手をあてて鼓動を調べているらしい。なるほど頭のいい奴だ、とぼくの友人は感心した。でもそれよりもそいつがいつ自分のところに来るのだろう、という不安でますます動悸《どうき》は激しくなる」

花崎先生は自分の片手を自分の胸にあてて、鼓動を調べている様子を示してみせた。

「ヒー」

という抑えた悲鳴が何人かに増えていた。

「そいつは一人ずつ胸に手をあてて慎重にその鼓動を調べているようだった。そうしてその部屋の一番奥、つまりぼくの友人のところまでついにやってきた。いままでほかの者にやってきたように友人の胸に手をあてる。冷たい手だったという。それからそいつは……」

花崎先生はそこでしばらく沈黙した。

それから、いままでどこに隠しておいたのだろうか、と思うような大きな声で、

「おまえだあ！」

教室中からいろんな悲鳴が聞こえ、男子生徒の何人かは自分の机の上を両手でガシガシ叩《たた》いたりした。

その日の授業はそれで終わりだった。

中学校ってやっぱりそうとういいなあ、とぼくは思った。それから花崎先生は、とくに女子生徒から人気者になった。

中学生は秋のおわりに海岸に行って「海苔《のり》ひび」に使っている古竹を全部抜いて綺麗《きれい》に清掃する、という集団での仕事が毎年あった。

これはもう十年ほど前から沿岸の漁業組合との話し合いで決められた集団奉仕で、見返りに漁業組合から学校に対して、その年ごとに違うがみんなが使っている体育用具や教室の備

品などが贈られることになっていた。

海苔は陸の畑や田んぼの苗育てや刈り入れと似ていて、秋ごろに沿岸から三百メートル以内に竹を長四角に打ち込む。それは漁師によって区画が決まっていて、その区画の要所要所に、翌年の夏までもたせなければならないのでかなり頑丈に海底の泥砂の中に竹を打ち込む。漁師はその竹に海苔の種を仕込んだ網を張り詰める。海底に触れてしまうと海苔が育たないので、干潮になっても海水に覆われるように水脈《みお》にそって植えられることが必要だった。生徒らは一年間使われた古竹をそっくり引き抜く仕事をするのだ。

古竹といっても頑丈に打ち込まれているので、根っこまですっかり引き抜くには力がいった。

朝といってもいったん学校に集合してから海岸に行くので十時すぎの時間になっていて、その頃はまだ完全に潮はひいておらず、午後はまだ明るいうちに潮がおしよせてきて満潮になってしまうので、この仕事は金曜日と土曜日の二日間かかった。

それでも全校生徒がそれに取り組むので、なんとか二日間でやりとげることができる。

最終日には海岸で解散になるので、ぼくは前の日にカッチンやマサル、昭一などに話をしておき、ずっと前の暑い季節に毎日のように遊んでいた漁師小屋が立ち並んでいるところに再集合した。ぼくはみんなを集めて言った。

ぼくの叔父さんが貝灰工場に雇われていたのだが、何者かの仕業によって工場にあったアルミやアカなどが盗まれ、それが叔父さんのせいになって、いまはどうも警察にも届けられている。本当の犯人はこの海岸に住み着いて、そういう鉄ものやアカを集めている、ぼくたちとちょっと知り合いになったあいつが怪しいのではないか、ということを力をこめてくわしく説明した。

みんなはぼくの言うことにがっちり頷き、ぼくがその日提案したあのおっさんのところを調べに行きたい、ということに賛成してくれた。もうしばらく会っていないし、もしまだいたとしても、なんと言って話を切り出したらいいのかぼく自身もよくわかっていなかったが、とにかく行ってみないと何もわからない、と三人同じ結論を口にした。

中学になると「結論」なんていうコトを自分たちで言えるのだからたいしたもんだ、とみんなで自慢しあった。

あのおっさんの住処《すみか》がどこかみんな覚えていた。ちゃんとした沿岸漁師ではないので竹やムシロや藁《わら》などで覆った物置小屋のようなところだった。

もしあのおっさんが酔っぱらっていてぼくたちにむかってくるようなことがあったら、足の速いマサルが防風林の中に点在している漁師の家に走りこんで交番に連絡してもらう、という段取りまでつけておいた。

ぼくたちはなんの役にたつのかわからないけれど途中で拾った竹棒などを持って、大体の見当がついているあのおっさんの住処を探していった。けれどおよそ半年もその防風林のあたりに行っていなかったので、なかなかめざすものは見つからなかった。

「ああいう人はまたどこかにフラフラ行ってしまうのかもしれないね」

「海岸のアカとか鉄クズはだいたい取りつくしたから、新しい場所をめざしたんかなあ」

口々にいろんなことを言いながら探検隊になったような気分で林の中を歩いていった。

しばらくしてカッチンが林の中にムシロがちょっとした小山のようになっているところを発見した。

「ああいうのの下が隠し場所になっているんじゃないか」

カッチン以外は口をつぐみ、ソロソロとそのムシロのそばに行った。ぼくはもしかするとそのムシロの下にあのおっさんがいるんじゃないだろうか、などと思ってしまったのだ。

みんなで一斉にそのムシロをひっぺがした。

その下には古い木材の木っ端が乱雑に重ねてあった。木の色や形からベカ舟の端材らしいとわかった。こういうのは漁師たちがたいてい浜で焼いてしまうもので、こんなふうに湿った防風林の中にため込んでいるのはヘンだった。

「あのおっさんがこの近くにいるのかも知れないぞ」

マサルが言った。

二年ぐらい前にあのおっさんが浜で焚《た》き火《び》をしていて、芋を焼いているのをみんなで思いだした。

「そういうときのために焚き火の材料を林の中に保存しておいてる、っていうことはありだよな。じゃああいつやっぱりこのへんにまだひそかに住んでいるんだろうか」

昭一が探偵みたいにして両腕を胸の前で組み合わせながら言った。

陸風の時間になったらしく林のそれぞれの梢《こずえ》がわらわらきしきし鳴った。小枝と小枝の擦《こす》れる音がキシキシいっているのだ。

「もうじき暗くなるぞ」

ぼくは言った。いきなり花崎先生の怪談話を思いだしていた。あのとき先生は火の玉のことをタマシイじゃなくてタマセンと言い、ガイコツのことをカリコツと言っていたのを思いだした。わざと言ったのか、先生が子供の頃に住んでいた土地の言葉なのか、あるいは恐怖のあまりぼくの単なる聞き違いなのか、どれも結局わからないままだった。

ボールド山の事件

母の舞踊教室は秋のいい季節になってから、以前と同じくらいのお弟子さんが集まるようになっていた。その中には例の「おさらい会」で、ほかのお師匠さんの一団に加わって分裂していった人などの顔もあり、母はすっかり機嫌がよくなっていた。

つぐも叔父《おじ》が富山の現場に帰る日に、「だいぶ世話になっとるけん、これば姉さんにもってきたったい。なーに、むこうで、家の雨漏りの修繕やらを、時々手つどうとる人からもろたもんたい」と言って、大きな木綿の風呂敷にくるんだものを稽古場に持ってきた。

日曜日のまだお弟子さんが誰もいない時間だったので、ぼくと賢三君と弟の裕《ひろし》の三人で「剣舞」のときに使う竹光《たけみつ》の模擬刀をつかって「やっとう!」「なにをこしゃくな」などと言いながら、丹下左膳ごっこをしているときだった。丹下左膳はぼくで、賢三君と裕は追っ手の同心と与力という配役だ。

剣舞用の刀の刃は薄く削ってある板で、その上に銀色の塗料が塗ってあった。だからそれで本物のチャンバラのようにするとあちこちに傷がつき、刃などボロボロになってしまうので、本当みたいに「斬りあい」をすることはできない。でも、ぼくと弟の裕は、母が見ていないときに庭でぱちぱち斬りあいをしていたので、もうすでに十分「ハコボレ」していたのだが、母はそういうこまかいことには気がいかないみたいだった。

その日などはつぐも叔父が素晴らしいプレゼントを持ってきたので、母の気持ちはもっぱらそちらにむいていて、ぼくたちが怒られる心配はなかった。

ぼくは救急箱から見つけた絆創膏《ばんそうこう》を五センチぐらいに切ったのを片目に貼って、丹下左膳になりきっていた。それでも、つぐも叔父が大きな風呂敷包みを抱えて稽古場にやってきたときから、母とつぐも叔父とのやりとりは片目で見ていた。

その包みはつぐも叔父が帰ってきたときから庭にむいた部屋の端っこのほうに置いてあって、いったい何が入っているのだろう、と気になっていたものだ。

風呂敷の中から出てきたのは「ポータブル蓄音機」だった。ハンドルを回しゼンマイ仕掛けでレコードを回転させるものだ。それのもうひとまわり大きなのを、学校の音楽教師で担任の吉野先生は教壇の上に置き、ベートーベンの名曲の旋律、というものを学習するときに使っていた。

名曲にはまるっきり興味がない多くの生徒はその時間、机の上に両肘をたてて頭をおさえ、いかにも感動して聞いているようなふりをして、半分眠りの態勢に入っていた。

「まあ、嬉《うれ》しいわあ。お弟子さんたちと、こういうのがあればいい季節のときに野踊りなんかできていいのにねえ、なんてよく話していたのよ。高かったんでしょう」

「だけん、いまゆうたごと、富山のほうで世話になっとるとゆうか、いやその逆か。まあつまり時々家の修理やらを頼まれてやりよるとこから、もろたもんやけん」

つぐも叔父は困ったようにしてそう言っていた。

自然にぼくたちのチャンバラごっこも休憩になり、母が「早速、音色をためしてみましょうかね」、などとウキウキした声で言うので、ぼくたちも自然にそのポータブル蓄音機のまわりに集まっていた。

母は和室の棚にいっぱいならべてあるレコードの中から一枚をとりだしてきた。

「姉さん、こりゃ電蓄とちごうて、ゼンマイのほどける力で回すもんやけん、このハンドルを端のほうにある穴に入れて回して力を溜《た》めてからせんと。賢三、手本ばみせてやらんね」

「ぼくがやるよ」

裕が言った。

「裕ちゃん、はじめんほうは、ちょっと力がいるけん、まず賢三にやらせるばい、姉さんもそれば見て、力のコツばつかむとよか」

つぐも叔父も嬉しそうだった。

母が扱い方をそこそこ理解したのを見届けて、つぐも叔父はその日の午後にまた富山のほうに戻る、ということを母に告げた。

「あら、まあ気の早いこと。もっとゆっくりしていけばいいのに。今日はまぜごはんのおいしいのをつくるのよ」

母は蓄音機から聞こえてくる音楽にあわせて、なんとなく体全体を揺すりながら大きな声で言った。レコードの音楽の音が大きいから、ついついそうなってしまうようだった。

「いや、この土曜日と日曜の二日、休みば、もろてきただけやけん、現場は休みなく働いてるけんね。賢三の様子もおかげですごく元気なこつがわかったし、もう、何も問題なかです」

姉弟とは思えないくらい丁寧に挨拶してつぐも叔父は、「荷支度がまだのこっとるけん、またあとで」と言って家から出ていった。

誰かあけっぱなしにしていたらしく、いつのまにか入り込んでいたジョンが玄関のところでくうくう鼻をならしている。その様子が気になるとみえて、ネコのハチが玄関のほうに飛んでいった。

中学に入った当初は科目ごとに教師が替わり、それぞれ思いがけないような口癖や、黒板に書いていく白墨の文字に特徴があり、話のムズカシイ教師や、うまいんだか下手なのかわからないけれど、早口のせいで言っていることの殆《ほとん》どを理解できない教師がいたりするので、そういうときぼくはけっこう焦った。

でも同じクラスに小学校からの遊び友達、カッチンや昭一がいたので、昼休みのときなど、その教師の授業について互いの意見を交換した。

カッチンも昭一も「早口でボソボソ言うのでまるでわからん」という意見だったから、ぼくも安心した。

その教師の授業科目は「社会」だったから、地理とか歴史などいろんな方向に内容が広がっていく可能性がある。ぼくとは違うクラスだったけれど、賢三君もその教師の授業を受けているので同じ話をしたが、賢三君は「あの先生の授業は好きだ」というので、ちょっと驚いた。

よく聞いてみると、あの教師は同じ調子でダラダラ喋《しゃべ》っているだけで、生徒に突然「なにか問いかける」ということはないのでずっと安心していられる、という理由だった。もうだいぶ普通になってきていたが、賢三君には吃音《きつおん》があり、驚いたときなどすぐに返答するということがまだ克服できずにいる。

絶対にそういうことがない授業だと、「聞く」ほうに神経が集中するからなのか、教師の言っている意味がよくわかるんだ、と思いがけないことを言うのだった。

なるほどそれならば、いたずらに突発的な質問などしないで、ずっと教科書に添って話を続けてくれたほうが教育上いい、ということを他の教師にも知らせられるのだが、今の自分の学習能力と度胸では、とてもそんなことはできないだろう、ということもよくわかっていた。

賢三君が苦手なのは音楽と国語だということもわかった。音楽がいやなのはぼくも同じだった。

「ピアノを弾ける人ならばそういう話もおもしろいだろうけれど、殆どの生徒には関係ないもんなあ。だから中学の音楽の授業はなんのためにあるんだろう、と思うことがあるよ」

庭のせんだんの木の下でそんな話をしていると、ジョンやハチが「なんですか？　なんですか？」というように、ぼくと賢三君のまわりに寄ってくる。

「この音楽という授業はやがて高校に行っても、こちらの関心とはまったく無関係にかかわってくるんだろうなあ」

「そ、そうだよ。ぼくもそういうこと考えて、中学の先は職業専門学校に行きたい、ととうちゃんに言ったんだ。そ、そうしたらだめだって言うんだ。とうちゃん、げ、現実がまるでわかっていないんだからなあ。夜、寝るときにそ、そういう話ちょっとしたんだけど、お前はもっと上級の学校へ行けって言うんだ。だから気まずくなってとうちゃんは、い、一日早く富山に帰ったんだ。だってそんなに簡単に上の学校には行けないでしょう。成績だけじゃなくても……」

賢三君はそこで口をつぐんだ。彼がそのあとに言いたいことはぼくにもわかっていた。同じ問題はぼくにも同じようにあったのだから。

将来自分の行きたい学校には成績はもちろんのこと、そのための学費を考えると、長兄の会計士の仕事と母の危なっかしい舞踊教室で今がせいいっぱいの収入では、わがままは言えない。そういうことをはじめてぼくに話してくれたのは、すぐ上の兄の崇《たかし》だった。

「父さんが逝ってしまうと、もし兄さんがいなかったら、おれやお前なんかも路頭に迷うことになるんだぞ。この家にだって住めるかどうかわからない。だってこの家の土地は借り物なんだし借金がいっぱいあるし……」

いきなり重大なことをはじめて聞かされた。父に似て無口で無愛想で、痩せた頰の崇は少し神経質に考えすぎているような気もしたが、崇ぐらいの歳《とし》になるとそういうことも常に考えていなければいけないのだろうな、ということもわかった。

それから兄がその当時、ずっと厄介になっているところの話もした。

兄が通学していた途中に「石材問屋」があり、そこで泊まり込みの長期アルバイトをしていた、という。崇が今年の春まで通っていた私立の高校は「聖書学園」という。

「毎日アーメンソーメンって言っているところから、ナムアミダブツのところが実質おれの命を支えてくれたんだよ」

おそらくちゃんと互いに理解しようと話を交わしたのはそのときだけのような気がする。

それから崇は睡眠薬自殺（未遂）をはかった。久しぶりに崇が自宅に帰ってきて母がはしゃぐように喜んで迎えた晩のことだ。

その頃ぼくが住んでいた千葉の海浜田舎町にはまだ水道がとおっていなかった。だから今では珍しい「水脈探し人＝ダウザー」という職業の人がいて、井戸を掘ろうとするときはそのダウザーに頼んだ。いろんなダウザーがいるが必ず両手にL字型になった太いハリガネ、あるいはちょうどその形になった木の枝を持って候補の土地を探索して回る。

両手を握って真ん中を丸くした中で、そのL字型指標がぐるぐる自然の作用のように回り、先端がピタリとぶつかった下に水脈がある、と信じられていた。

多くのアタマの固い人はそんなのペテンだ、と軽く言うが、このダウザーは世界中にいる。

まあこの話の真贋《しんがん》や理屈については別の機会にしよう。

ここでの話はこのダウザーによって、我が家の庭の何もないところから、いきなり水が噴き出したということだけで進めていく。

有り難いことに普通の水で、湯でも石油でもなかった。湯なら即座に温泉宿だ。石油なら億万長者だ。

で、話はその日、ぼくと賢三君が一緒に風呂につかっていたときのことだ。

一キロほど先の森の中からドカン！　と地上百メートルぐらいの火柱があがり、続いてさらにドカンドカンドカンという爆発音がした。

「火事だあ！」

「火事だあ！」

ぼくと賢三君が互いに少し違うトーンで叫んだ。

どどどどっと、長兄とその日仕事の打ち合わせでやってきていたお客らが、風呂場に駆けつけてきた。

「この風呂場じゃない。火事は外です。ボールド山のほうです」

ぼくは叫んだ。この人たちなにをトンチンカンな、と思ったが、風呂場のほうで「火事だあ」「火事だあ」と叫んでいたのだからみんな風呂場のほうに駆けつけるに決まっている、ということにあとで気がついた。

急いで庭に出た大人たちは、疎林や家々が続く先に赤い大きな火炎が膨れ上がっているのを目にし、「大変だ。あれはどこのあたりだろう」などと、興奮した声で喋っている。

夜に見る炎はことさら大きく感じられるものらしく、そのために距離感がうまく摑《つか》めない。

ぼくと賢三君は腰にタオルをまいたまま庭に出てあちこち移動し、その方向を確かめることにした。発見したときは今すぐ逃げたほうがいい、と思うくらいに近い火事に見えたが、よく見るとけっこう離れているところらしい、とわかってきた。

「あれはボールド山のへんみたいだね」

ぼくは賢三君に言った。

「そ、ぼくにもそのくらいの距離に見えた。夜の火事は、と、とにかく怖いよね」

そのときぼくは、賢三君が、一人の留守番が怖くて押し入れの中でローソクをともして、ついうっかりそのまま寝入って火事を起こしてしまった、という忌まわしい記憶をそっくり引きずり出してしまった、ということに気がついた。

いきなりの火事発見で、そこまで気が回らなかったのだ。

とにかくのんびりしてはいられない、という気になって、ぼくたちは服を着てまるで消防士のような気分で外に出た。ふだんあまり人の通らない道を、何人もの人が懐中電灯をつけて足早に歩いている。

目的地の見当はついているので、ぼくたちは駆け足でずんずん進んだ。途中までは小学生のときに通っていた道で、そこからYの字に折れていく。驚いたことにもうその道に入ると、火事の明かりで道が反射して光っていた。

燃えているのはぼくたちが見当をつけたとおりボールド山で、その奥に入っていく道の脇にある、菜種油を採取する小規模な製油工場だった。すでに消防車が数台来ており勇壮に消火活動をしている。警察の車や救急車も来ていて、警察官が数人、おしかけてくる野次馬の整理などをしていた。

畑ひとつ隔てたところに道があり、ぼくの家の方向から来た野次馬はそこから前に行くことを止められていた。

ボールド山はジョンの散歩などのためによく来るところで、何人か知っている人がいる。その人たちが気になったが、このあいだまで小学生だったぼくたちがそこに行きついても邪魔になるだけだろう、と自覚した。

それにしても消火活動とはいっさい関係ない人たちが、こんなに沢山集まってきているのが不思議な光景だった。

みんな口々にいろんなことを言っている。あの工場は正式な認可をうけていないからこんなことになるんだ、経営者は工場には来なくて息子二人が実質的に運営しているんだ、というような、要するに火事場のどさくさ情報だ。

その中にいきなりショッキングな話が聞こえてきた。工場をやっている兄弟の兄のほうがボイラー操作を誤って火ダルマになり、工場のすぐ外にある芋畑の上を叫びながら転げ回って火を消そうとしていた、というのだ。その工場の兄弟とはときおり顔をあわせて知っていた。お兄さんのほうは髪の毛がぼうぼうとして、口髭《くちひげ》も濃いので山賊みたいだった。でも気のいい人で挨拶すると「おお元気かあ」などと、片手を振って挨拶を返してくれた。

今の話が本当だとしたら、全身火ダルマだというから相当な重傷のように思えた。

夜の闇と火事の炎の予想もつかないところを走りまわる赤い光がどうにも不穏に交差して、果してこういう見物をいつまでもしていていいのだろうか、というおさまりどころのない気分が次第に募ってきた。それは賢三君も同じだったようで、口にはしなくても「家に戻ろう」という気持ちは一致して家へと向かった。

途中、ぼくは電撃的に「あっ！　あいつ、どうしただろう」と大きな声で言った。こういうときに勇んでやってくる犬のジョンのことだ。賢三君と風呂場で火事を見つけたときには、賢い奴《やつ》だからすでになにかただならぬことが起きている、ということを察していたようで庭をウロウロし、ぼくたちが外に出ていくと、「待ってたんだよ」とばかりに、ぼくたちのまわりをぐるぐる回って、彼は彼なりに我々に「異変」を伝えていた、というところまではぼくも賢三君も覚えていた。

問題はそのあとで、前方の燃え盛る火にばかり気をとられていて、大勢の野次馬の中でジョンのことはすっかり忘れてしまっていた。

「ジョンのことだから大丈夫だよ」

賢三君はそう言ってしきりにぼくを安心させようとしていた。でもぼくは最近この町の役所に保健係というのができて、そこが「犬の放し飼いをやめよう」という運動を開始し、月に何度かの「野犬狩り」を始めるらしい、ということを母のところにやってくるお弟子さんらの話で聞いて知っていた。

ぼくは賢三君にはそこに残るように言って、すぐにさっき来た道を戻ることにした。今度は火事場見物帰りの沢山の人とすれ違うことになる。今じぶんになって火事場見物にノコノコ出掛けるみたいで体裁が悪かったが、どこかでなにかのアクシデントに見舞われ、ジョンが動けなくなっていたら大変だ、という気持ちが大きかった。

火事は大方鎮火し、人の姿もだいぶ減っていた。暗闇であるのをいいことにぼくはジョンの名を呼んだ。二度三度、場所をかえて呼んだ。そういう呼び声よりもジョンの場合は、ぼくの匂いで遠くから察知してくれる。

でも、察知しても野次馬がごったがえしている中を、ジョンがウロウロしていて、取り締まりの一号などといって保健係に連れていかれたとしたら一大事だった。ぼくはそれから三十分ぐらい歩き回った。

ああ、迂闊《うかつ》だった。悔恨が頭の中でぐるぐる回っていた。そうして、今は取《と》り敢《あ》えず家に帰るしかないのだろう、と覚悟した。

Yの字になった分岐点に来たところで、前方からちょっとした蒸気機関車のような息をはいて、地面を爪でかいてフルスピードでやってくるものがいた。

それがなにかすぐにわかった。

「おお！　ジョンか、ジョンじゃないか」

道にしゃがんだぼくの頭にジョンがぶつかってくる。その後ろから賢三君が駆けてきた。

「ジョンはあれからすぐに戻ってきたんだよ」

「そうかそうか。ジョンのほうが賢いなあ」

見たところジョンの体の下側がびっしょりしている。匂いをかいでみたが、ガソリンや石油のたぐいではなかったから、どこかで誤って水たまりにおちてしまったのだろう。

みんな風呂をすませているのを確かめてから、ジョンを風呂場に連れていって体を洗ってやった。その途中で洗い桶《おけ》の湯を飲もうとするので、風呂よりも喉が渇いていて水を先に飲みたいのだとわかった。

火事騒動から数日経た日曜日、母が「今日は崇の面会日になっているので一緒に来なさい」と言った。洗濯物や差し入れの食べ物などがいっぱいあるので、それを持っていく役目だ、とすぐわかった。

ターミナル駅から二輛連結の可愛《かわい》い私鉄電車に乗って、この前来たときとだいぶ木々の葉の色が変わっているのを眺めながら、ぼくは崇がどんな変化を見せているか期待と不安を交錯させていた。

この前と同じ手続きをすませると、「そろそろ秋も終わりですが庭のテーブル席でご昼食なさいますか?」と、受け付けの人が丁寧な言葉づかいで言った。母はぼくの顔を見てからそれに賛同し、ぼくたちは回廊を曲がって中庭のようになったところに案内された。プラスチック製の丸テーブルと椅子が十セットぐらい。地面には秋の木の葉がときどきの風にチリチリ音をたてていた。

待つ間もなく看護婦さんのあとについて崇が中庭に出てきた。

崇はこの前とくらべると不機嫌な顔つきをしていた。

それには構わず母はいつものように元気よく、「まあ元気そうね」と強引に言った。それからしばらく一方的に、我が家とそのまわりのいくつかの出来事を話した。ボールド山の菜種油工場の大火事のことも話した。

崇はこの前会ったときよりまた一回り太ったようで体つきが丸くなり、さらに少し面《おも》がわりしているように見えた。

家から魔法瓶に入れてきたお茶を、母はこの病院に用意してあるカップにいれ、もってきた崇の好きな里見饅頭《さとみまんじゆう》の包みをあけた。

それを見ても崇の顔つきは変わらなかった。今は空腹ではないのかもしれなかった。

「コンデンサーがイカレてしまってね」

崇がいきなり言った。

「部屋でいろいろ教わっているナカヒラ君が〇・二ミリのコイル二重巻きにしたらいいと言うんだけれど、それがまちがっていたのかもしれない」

崇は基本的に母の顔もぼくの顔も見ていないようだった。

「専門の部品屋に行けば、一番いいのを自分で探せるんだけれど、まだ一人での外出はゆるしてくれない。ナカヒラ君は町に出たくないというし」

崇はそこまで言うと少し黙った。ぼくも母も同じように黙った。何をどういう言葉でそれに応えていいかわからなくなっていたのだ。

さようなら、ジョン

中学校の裏手のほうにちょっとした湿原があった。正確には放置された休耕田だったが、ぼくたちはそんなふうには呼ばなかった。小学生の頃は見たとおり「泥田」と呼んでいたが、そこにはけっこういろんな水生植物が生えていて、水の量も多かったので、やがて、小さな湿原と呼ぶべきなのだろう、と考えるようになった。

そのへりに沿うようにして幅二メートルほどの本当に健気《けなげ》な小さな川が流れていて、ところどころにある田んぼの灌漑《かんがい》用水として、ときおり利用されていた。

あまりにも小さな川なので、そのほかのことにはとくに何に利用される、ということもなく、田んぼにはならない湿地帯に時々シラサギやオオミズナギドリが飛来してきた。そしてシラサギはのどかに、オオミズナギドリはけたたましい鳴き声をきかせていた。

子供たちにとってはちょうどいい遊び場で、胴体の赤いのはアカタと、暗い深緑色のはアオタと呼んでいたアメリカザリガニがけっこういた。

季節によって、水深が深くなったり浅くなったりするのも子供らにとっては面白く、深いときにはフナやハヤ、カンニョッコと呼ばれているウナギの稚魚などがいた。そこらでひろってきた枯れ竹を裂いたものや、ナイフで切った篠竹《しのだけ》などにミチイトがわりの木綿糸を巻き付け、針にタニシや小さなミミズなどをつけるカンタンな仕掛けだけでけっこういろんなものが沢山釣れた。

でもそういう雑魚《ざこ》はごはんのおかずになるわけではないので、バケツにいれておいて、最後は半分ぐらい死んで浮き上がっているのをみんな川に流してしまう、というちょっと残念で残酷なことを夢中でやっていた。

時々、家から持ってきたスルメの小さな切れっ端なんかをイトでしばり、それを竿《さお》に巻いて川の流れに入れる。小石や古クギなんかがあると、イトに巻いてオモリにする。季節によるのだろうがいいタイミングのときは、そんな仕掛けでアカタやアオタが沢山釣れた。それを家に持ちかえり、茹《ゆ》でてもらうと顔が自然に笑ってしまうくらいおいしかった。

小学生のときは昭一やカッチンなどとよくその釣りをやった。ザリガニが不漁のときは別の方法でシジミをとった。方法というほどのことでなく、これは、いい場所にアタルとちょっと掘るだけでザクザクと飽きるくらいとることができた。その頃はすぐ上の兄の崇《たかし》なども時おりぼくたちと一緒にきた。でも六歳上の崇はあまりいつまでもぼくたちと一緒に同じことをしていることはなく、たぶん飽きたからなのだろう、ポケットから宮田の豆ハーモニカ、と呼んでいたのを引っ張りだし、少し離れた土手に腰かけて自分の好きな曲をくりかえし吹いていた。

いろんな手頃な生き物が沢山捕れたのはその頃までで、ある年に上流のほうから大量の農薬が流れてきて、小魚や蟹《かに》や貝、そしてエビガニなども全滅したことがあった。

まだ小学校に通っていた頃だったけれど、朝礼のときにカボンスというあだ名の先生がそのことを角ばった声で話し、きみらは当分あの川には近づかないように、ということを力をこめて言った。

当時はその教師がなぜカボンスと呼ばれていたのかくわしい理由は知らなかったけれど、小柄で頭がとても大きく見えるので「仮分数《かぶんすう》」の意味だった、ということをあとになって知った。生徒によってつけられた先生のあだ名は代々受け継がれていくので、カボンスなどは年季の入った、のちに知った表現ですればレジェンド級の偉大なあだ名だったのである。

中学の授業がおわり校庭に出ると、晴れた日は学校裏からさらに先に行ったところに広がる湿地帯と、その奥にかなり長く横に続いている丘陵地帯に立つ高さ十五メートルほどの樹々《きぎ》が、夕方ちかい斜めになった太陽にくっきり照らされて美しく、これは風景としてはけっこう世間に自慢できるのではないだろうか、などとふいに深く感心したりした。そうではあったけれどあの農薬事件以来、その川に遊びにいくことも少なくなってしまった。

日曜日など、犬のジョンを連れて何度か行ったことがあるけれど、ジョンにとっては刺激が強すぎる場所のようで、相変わらず飛来してくるシラサギなどを追いかけていって全身をドロだらけにしてしまうので散歩にも行かなくなってしまった。


いくつか声をかけられていたクラブ活動は、どのスポーツが自分にあっているのかわからないまま迷っているうちに秋になってしまい、校庭で元気に走り回っている生徒をなんだか眩《まぶ》しい気持ちで眺めるようになってしまった。

賢三君は「園芸部」というやさしい気配のするクラブに入っていた。その町は享保《きょうほう》の大《だい》飢饉《ききん》のときに青木昆陽《あおきこんよう》という蘭学者が薩摩芋《さつまいも》を栽培する効果的な農業方法を開拓して飢えに苦しむ人々を助けた、という誇らしい史実があったので、中学校ではそれにちなんで生徒たちにもっと広く植物全般の栽培や研究をするようにすすめており、よその中学ではあまり聞かない園芸のクラブ活動が奨励されていた。

賢三君はぼくの家の庭に、母が自分の好みでいろんな植物を植えているのに興味をひかれていたようだった。雨のふらない夏休みの頃に母は、ぼくたちによく植木の水やりをいいつけていた。

「夕立ぐらいでは栄養が足りないのよ」と母はそういうときによく言っていたが、植物にとっては水などが栄養になるのだろうか、とぼくは不思議に思っていた。

賢三君はそんなことにはとらわれず、水をやると植物によって確実にシャキッとするのとそうでもないのがあることなどが気になるらしく、ぼくにもそういう感想を述べた。

ぼくはあまり興味がなかったので、母に水やりを命じられると、もっぱら賢三君にその仕事をまかせ、ぼくはまったく別の自分の好きなことをやっていた。

だから賢三君が園芸部に入ったことは大いに納得できたけれど、実際の学校のクラブ活動で具体的にどんなことをしているのかちょっと気になった。

ぼくはカッチンに前から誘われていた陸上部に入ることにした。だいぶ遅れた入部だったけれど、陸上は基本的に個人スポーツなので、全員でやるのは基礎的な運動だけで、あとはいろんな種目を体験していって、自分にむいている種目を見つけていけばいい、というのを知った。

カッチンは短距離走がむいている、ということを発見しており、事実、小柄な体を活《い》かすように小学校の頃から遊びのときにすばしっこくよく走っていたので、クラブ活動そのものを楽しんでいるようだった。

ぼくはその町の自然のなかでの様々な遊びで、走るのも泳ぐのも、木にすばやく登るのも得意だったけれど、競技として自分は何に一番適しているのか、ということは入部してしばらくはわからなかった。

そんなぼくのつまりは狼狽《ろうばい》しているような様子を見て、墨田という陸上部の担当をしている教師が「君は走り幅跳びをやったらいいかもしれないぞ」と、アドバイスしてくれた。さしたる強い目的もなくドタドタ走っているようなぼくをどこかで見ていてくれたらしい、ということを知って急にやる気になった。我ながら単純な性格で少し恥ずかしい気もしたのだけれど。

走り幅跳びを集中してやっている部員は十人ほどいた。

墨田先生の紹介によってぼくはそのチームのリーダーらしい先輩と話をした。半ズボンの下の足の筋肉が歩くたびにキリキリ動くような、坊主頭の精悍《せいかん》な顔をした先輩だった。

そしてぼくはその日から跳躍の練習に加わった。部員は男女二十人ぐらいで、一年生は六人だった。最初の頃はもっと新入生がいたらしいのだが、家業が漁業だったり農業だったりして、繁忙期には部活を丸々休んでしまう生徒がいたようで、ぼくが思っていたよりも活気という気配はあまり感じなかった。

一年生の部員で同じクラスの生徒はカッチン以外誰もおらず、校舎のなかで顔をあわせる生徒がチラホラいても、ちゃんと話をしていた生徒はあまりいなかった。結局同級生でぼくを誘ったカッチンだけが親しい知り合い、ということがわかった。

みんなそれぞれ自分の選んだ競技の練習をやり続ける、というのが陸上部のやりかただった。集まった最初と終わりのときに全員揃《そろ》って徒手体操をする。大きな輪になっての体操だから、そのときに墨田先生がいると何か気がついたことを話してくれた。

ぼくは入部して三週間ぐらいは、一年生の何人かで校庭のまわりをいろんなスピードで走る練習だけをやっていた。校庭のいちばんはしっこを走るので、トラックを走るよりもずっと距離があった。でも同級生を見て、だんだん走り方のコツみたいなものをつかめていくような気がして面白くなっていった。

整理体操が終わってもぼくはカッチンと二人で校外に出て、足に負担のない土の道をゆっくり走ることにしていた。場所はいままでの遊び場だった学校裏の湿地帯を、ぐるりと回るようなコースにした。

そうやって走るまで足に負担のかからない走りかた、というのがあるなんて知らなかった。それまでは遊びのついでに走るようなものだったから。まだ中学生になってたいして日にちはたっていないけれど、いままでは本当に子供そのものだったのだ、ということに気がついた。コースを決めて走ることももっと早くやればよかった、とたいへん残念に思った。

だから日曜日などは、カッチンのかわりにジョンと一緒に同じコースを走った。ジョンは久しぶりに湿地帯の道を走れるし、それもぼくと一緒というのがよほど嬉《うれ》しいようで、常に「ジョン！　先に行くな」と大きな声で言わないとどんどん先に行ってしまう。それでもあまり先のほうに行ってしまうと、その先が心配になるのか、あるいは遅れているぼくが心配なのか、自分で走るのをやめて、ぼくがやってくるのを待っていたりするのは相変わらずだった。

その頃になると弟の裕《ひろし》が「ぼくだって一人でジョンを散歩に連れていけるよ」と言いだし、ぼくが部活で帰宅が遅れるようになった、ということもあって本当に自分のよくわかっている近くの道を十分ほどジョンと散歩にでかけることが多くなった。

裕がそういう短い時間の散歩をするようになって面白いことがおきていた。理由はよくわからなかったが、ネコのハチも必ずジョンと裕のあとについていくようになったことだった。

それは運動クラブとちがって毎日部活をしないので、ぼくよりも早く帰るようになっていた賢三君から聞いた話だった。

賢三君は裕だけ一人で散歩に行かせるのは心配で、しばしば自分も同行しよう、と誘いかけたらしいのだが、裕には裕の自尊心のようなものがあるのか、妙に頑《かたくな》に賢三君のそんな申し出をことわり、一人で行けるから大丈夫などと言い張っていたらしい。

裕とジョンの散歩を見送ることになった賢三君は、それで裕とジョンのあとについていくハチの面白い行動に気がついた、というわけだった。

「もしかするとハチはハチで、裕とジョンだけでは心配になったのかもしれないね」などとぼくに話したりしていた。まあそんなふうにみんなそれぞれ成長しているようななかで、季節は確実にすすんでいった。


そんなある日のこと。学校から帰ってくると、あたりまえの習慣になっていたジョンの走ってくる姿がない。ジョンはいつもぼくが家の角までキマリのようにしてやってくる前から、ぼくの匂いを嗅ぎつけてモーレツな勢いで走ってくるのだ。

裕がどこかへ散歩に連れていっているのだろうか、と思ったがそれにはあまりにも遅い時間だった。

鉄パイプを溶接して作った門をあけて庭に入ったところで、裕がぼんやりせんだんの木の下に立ってぼくを見ていた。賢三君はその日、部活はない筈《はず》だったから、ついに賢三君が裕のかわりにジョンの散歩に出ているのだろうか、と思ったがその賢三君が母屋《おもや》のほうからふいに出てきた。

「あれ？　ジョンはどうしたのかな」

ぼくは聞いた。よく見ると、裕の立っている二つにわかれたせんだんの木の片一方の切り株のところに、ここは自分の座だ、と言わんばかりにハチが座っているのが見えた。

「裕、ジョンはどこ？」

裕は何も言わず、かわりに賢三君が答えた。

「そ、それが、いないんだ」

賢三君が引き締まった様子で言った。

「いない、ってどういうこと？」

「お、おばさんがさっき言ってたんだけど、や、やがて帰ってくるわよって」

ぼくはさっぱりわからなくなってしまった。おばさんというのは賢三君がぼくの母をそう呼んでいるのだ。

ぼくは玄関に入ってすぐに母を呼んだ。稽古場にはお弟子さんが数人来ているようで、母はその人たちとなにかお喋《しゃべ》りしているようだった。

「ジョンが庭にいないよ。でもすぐ帰ってくるって賢三君に言ったらしいけれど、どこからすぐに帰ってくるの？」

母がよっこらしょう、という感じで稽古場から出てきた。

「それがね、今日の午後、お弟子さんたちと船橋まで出かけたんだけれど、わたしたちのあとについてきて、気がついたらわたしたちと一緒に電車に乗ってしまったのよ。ちょっと話に気をとられて、あのこが電車の中までくっついてきてたの知らなかったのよ」

母はなんだかとんでもないことを言っていた。

ジョンは、家族の誰でもそうやって送ってくる。「ジョン帰れ」と言うと、少し残念そうな顔をして時々首をかしげるようにすることもあった。でも言われると素直にトコトコ家に戻っていく。その「帰れ」を、母はお弟子さんらとの話に夢中になっていてジョンに言わなかったのだろう、と見当がついた。

「それでどこに降ろしたの?」

「わたしたちと一緒に電車に乗っているのに気がついたときに、窓から降ろしたのよ。川のいくらか手前のあたりだったわ」

川というのは浜田川のことで、例の湿地帯のあたりを通過して町の西のほうの海にそそいでいる。そこにかかる小さな鉄橋を電車は渡っていく。そんなところで電車は臨時停車したのだろうか。

「窓からほうってあげたのよ」

母は呑気《のんき》というかドキリとすることを言った。しばらく信じられない思いでぼくはそのとんでもない話を聞いていた。「ほうってあげた」とはあまりにもフザケタものの言い方だった。

走っている電車のそこそこ高い窓から外にほうり投げたら、ただではすまないだろう。母のそのふざけた無情な話をぼくは膝が折れそうな気持ちになって聞いていた。

「バカかかあめ。ちくしょう、ちくしょう」となんども口のなかで言いながら、ぼくは力をこめて自転車を走らせた。

ジョンは不思議な犬だったから、無事で家にむかって帰ってくるところに出くわすかもしれないと、少しだけ遠回りになるけれど、ジョンがよく行き来している駅のほうの道にむかった。

国鉄と私鉄の両方が一緒になっているので踏み切りの幅が広く、しかもなかなか遮断機があがらない通称「開かずの大踏み切り」があるので、日頃ジョンはどんなことがあっても、その踏み切りのだいぶ前で家に帰らせるようにしていた。

だから踏み切りを越えないあたりで、浜田川の流れている西にむかう道を注意深く周辺を見回しながら自転車を走らせた。そのあたりから商店が多くなるので、夕方の買い物客や学生や早がえりらしい勤め人の姿などが増えてくる。

あちこちの犬が放し飼いにされていたけれど、人の往来があるところに一匹でうろついている犬は滅多に見なくなっていたから、もしジョンがそのあたりまでたどりついていたとしたら、最悪の場合は警察や保健所などがときどきやっている野犬狩りに出くわしている可能性があった。そうしたらどこかに連れていかれてしまったのかもしれない、などという不安も頭に浮かび、警察に行って様子を聞いてみるべきかもしれない、などと思いはいろいろ乱れていくが両足はペダルをこぐことに専念していた。

今はとにかく母がジョンを電車の窓からほうり投げた、というあたりに行ってみることだ、と思った。

困ったことにその道は西に進んでいくにつれて線路から少しずつ離れていくようになっている。浜田川のほうに行くためにはいくつかの分岐をへて、だいぶ遠回りしなければならなかった。ジョンが無事だったら、やたらにいろんな家や障害物を越えて道のないところを突っ切ってくる、というようなことは考えられない、とも思ったので、かなり遠回りしてとりあえずの目的地に急いだ。

あたりはすごいスピードで夕方の気配になっており、急がないと夕闇のなかでジョンを捜す、ということにもなりかねなかった。

目的地に近づくと、ぼくはあちこちで「おーいジョン！」と大きな声で呼んだ。線路ぎわに自転車をおいて、その周辺をどんどん歩きまわり、さらに何度もジョンの名を呼んだ。

ぼくが一番心配していたのはジョンが怪我《けが》をしていて、線路脇のどこかに横たわっていることだった。もともと普段あまり吠《ほ》えたりしない犬だったけれどこういう時は、ぼくがジョンの名を呼んだら吠えて応えるような気がした。

どんどん急いで歩き回っているうちに、あたりはいよいよ闇を濃くしていった。国鉄と私鉄がけっこうひっきりなしに走ってくるので、気持ちは急速に焦っていった。そういう電車のすぐそばにいると、走っていく電車の轟音《ごうおん》が思っていたよりも凄《すさ》まじい、ということを知った。これではもし普通に歩ける状態だとしたら、ジョンはとっくに線路ぎわから離れていってしまうだろう、と思った。だからそのあたりを丹念に捜してもジョンはとても見つからないだろう、ということを察した。ふいにそうだったらいいのに、ということが頭に浮かんだ。

実際にはその段階でもうぼくの頭は呆然《ぼうぜん》としていた。夕闇はさらにすすみぼくはそのあと何をしたらいいのか、ということがわからなくなっていた。

浜田川の近くまで行ったが、鉄橋を渡らないかぎりジョンが知らない川を泳いで越えてむこうの町まで渡っていくとはとても思えなかった。母はたしかに川をわたる前にジョンを窓からほうり投げた、と言っていたから、やはりいままで捜してみたところをもう少しこまかく捜すしかない、と思った。でも結果は同じだった。もうあたりは本格的に暗くなっていたけれど電車がどちらからも来ないことを確かめて、浜田川にかかる短い小さな鉄橋を渡り、その先まで見にいった。もう視界がきかなかったけれどジョンの名前だけ呼んで、うろうろした。自然に涙が流れてきてとまらなかった。

その日以降、ぼくは母親と口をきかないことに決めた。その日の夜も、それからその次の日以降も家にいるときは常に外の音に気をつけていた。まだジョンが自力で帰ってくるかもしれない、という望みを抱いていた。

ジョンがいなくなって二日目には警察に行って行方不明の犬についての照会をした。警官は鼻の先で聞いているようなあまり熱を感じない表情だったけれど、ぼくの話は聞いてもらえた。行方不明の犬、ではなくて野良犬というふうに聞き取り用紙には書かれていた。でも届け出があったり、保健所にも連絡をして行方がわかったとしたら連絡する、という返事を貰《もら》った。

しばらくは学校から帰ると、まっさきにジョンが帰ってきているのではないか、ということを虚《むな》しく期待した。そうしていなくなって五日目の日曜日、ぼくは朝早くからまた浜田川の手前のあたりを捜して歩いた。そのときは見つかったとしても、ジョンはもう生きていないのではないだろうか、という暗い気持ちになりかかっていた。

一番恐れていた不安はジョンが足などを怪我していてどこへも行くことができず、瀕死《ひんし》の状態になっていることだった。今ぼくは現実的にその状態のジョンを捜しているのではないのか、ということに気がつき、どうにもやり切れない思いに塞がった。

午前中の捜索でなんの手掛かりもなかったのでいったん家に帰ることにした。四時間ほどぐるぐるそれらしいところを見て回ったので、喉がとてつもなく渇いていて、自分の体がよれよれになっていることを知った。

家に帰る途中、小学校に寄って校庭の端にある足洗い場の水道の水を飲んだ。そのあともジョンに出会うのではないか、とあたりを見回しながらゆっくり家にむかった。

家に着くまでなにごともなかった。そうして家が見えるところまでくると、奇跡的に家からジョンが走り出てくるような気がして自転車を急いで走らせた。でも奇跡はおこらず、ぼくは自転車をとめて空を眺めた。

それまでのぼくの人生で今が一番辛《つら》いときなんだろうなあ、と思った。

家では賢三君と裕が心配そうな顔をしてぼくを待っていた。そして午後からは自分たちも捜しにいくことに決めたんだ、と賢三君と裕が言った。

ぼくはこれから絶対に母とは口をきかないぞ、と心に決めた。母は漸《ようや》く、ぼくが本当にこころの芯から母の暴挙に対して怒っている、ということを察したらしく、ぼくにいろいろ言い訳じみたことを言ったが、ぼくは黙ったままでいた。母がなにか言うたびに気持ちがささくれだっていくような気がした。

ジョンの捜索をあきらめてから翌週の日曜日に、兄の祟のところに見舞いにいくからいつものように荷物を持ってついてきてちょうだい、と母は言った。賢三君にもできる仕事だったが、兄の祟のことも気になり、いつものようにぼくが行くことにした。

母と同じ電車に乗って船橋まで行くのは気持ちの上で辛かった。よほどのへんでジョンをほうり投げたのか詳しく聞いてみたい、と思ったけれど、もう聞いたとしてもジョンは戻ってこないだろう、ということを改めて悲しく思うことになるだろうから何も聞かないことにした。ジョンを窓からほうり投げたときと同じ町に電車は進んでいるのだ、ということがぼくを苛々《いらいら》させていた。

母と隣りあって座ったので、母は勝手にいろんなことを話していた。

韓国に住んでいる姉が旦那さんと一緒に、もうじき三泊ぐらいで日本にやってくる、という話をしていた。最初に旦那さんの生家である横須賀に行き、そのあと韓国に戻る日にこちらの実家に挨拶にくる、らしい。韓国の土産《みやげ》が小包の中にいろいろあって、そのなかから韓国羊羹《ようかん》のようなものを甘いものが好きな祟にあげるために持ってきている、という話もしていた。

その羊羹はハングルが書いてあるので、なんだかわからなかったけれど姉の手紙で漢字で「金波銀波」という意味なのだという解説があったという。どんなことを言ってもぼくが断固として返答をしないので、そのうちに母は少しムッとしたようになって話をするのをやめた。

「金波銀波」という文字がぼくの頭のなかで踊っていた。どんな状態のことを言うのだろうか、と思ったがきっと海の情景を言うのだろうと解釈した。姉は姉できちんと幸せな日々を送っているのが推してわかり、少し安心した。姉はもう韓国語が自在に喋れるのだろうな、ということも考えた。


兄の崇はこの前お見舞いにきたときよりもまた少し太ったようだった。病院の食事や毎日の規則正しい生活がそうさせているのだろうと思ったけれど、入院前から比べるとあまりにも面《おも》がわりしているので少し心配にもなった。でも兄はほがらかで、毎日が楽しい、と最初に来たときと同じようなことを言った。入院生活の何が楽しいのかわからず少し不思議に思えたけれど、それを質問してもちゃんとした答えがあるとは思えなかった。

崇は母の持ってきた菓子類のひとつひとつを興味深げに眺め、いつも持ってくる崇の好きな「里見饅頭《さとみまんじゅう》」がないことを不満そうに指摘した。

母はそのかわりに「金波銀波」を崇の前においた。韓国にいる崇の姉からの珍しい贈り物だからね、ということを説明していたが崇は、それをちゃんと聞いているようには見えなかった。

包みをあけると平らで細長い、たしかに羊羹と思える質感のものがあらわれた。日本の羊羹とちがって上のほうがギザギザになっていて、金色と銀色の小さなつぶつぶがその上にばら蒔《ま》かれていた。ケーキなんかの上にそんなものがちらばせてあるのを思いだした。

「背中がギザギザだね」

崇が言った。

そうか、とぼくは理解した。海の波が少し斜めになって光をうけて金色や銀色に光って見えることを表しているのだ、ということがわかった。自分の町の海でそれに似たような光景を目にしたことがある。夏や秋の、空気がすっかり澄んでいる夕方などに、海の表面のすべてがそんなふうに光っているのを記憶していた。

崇は母が持ってきた小さなナイフでそれを自分で切り、大きなかたまりをつまんで口に入れた。

「口のなかが光っているでしょう」

崇が言った。言われるように崇の口を見たけれど別にどこも光ってはいなかった。

崇は急ぐようにそれを食べ、次のヒトキレをまたナイフで切った。

「ぼくたちは、食堂でもこういうものは持ってはいけないんだ」

韓国羊羹を食べながら崇はナイフを顔の前に掲げ、モグモグ声でそんなことを言った。

「どうしてなの？」

ぼくは聞いた。思えばうかつな質問だった。こういう病院では刃物を入院患者にやたらに持たせないのだ。

崇はぼくの質問には答えず、全然別のことを言った。

「バチンが怖いんだよう」

そのときはわからなかったが、だいぶたってから、バチンというのは頭の左右に電極をあてショックを与える治療法のひとつなのだということを知った。電気を頭のなかに通すというのだから怖いのに決まっている。

ぼくたちは前回来たときと同じように病院の中庭にあるプラスチック製の椅子にすわり、やはりプラスチック製の丸いテーブルの上に、菓子類や面会室にあるお茶など持ってきてそこで話をしていた。もう外でそういう話をするには、季節としてその日あたりが限界のような気がした。

絶対太りすぎているように見える崇の額のあたりが、いくらか斜光になった晩秋の太陽によってところどころ光って見えた。よく見ると崇は汗をかいていたのだ。少し風が冷たいと感じる場所だったのに崇一人だけたくさんの汗を流していた。

崇のその顔の先にやはり傾いている陽光によって、背後の林が光っていた。

「あそこの林が光っていてきれいだね」

ぼくはなかなか崇とかみあった会話ができないのでいきなり風景の話をした。

「うん。きれいだね。あれはハリエニシダの葉が光っているんだ」

崇が言った。初めて聞く植物の名前だった。崇がそんなことをスラスラ答えるのでちょっと驚いてしまった。

ハリエニシダ。

とてもいい名前だな、とぼくは思った。

陸上の部活は、前半は走ること、後半は砂場の踏み切り線までのダッシュとタイミングの調整、などということを主にやるようになった。本格的なフォームを指導されて走っていって跳ぶ、ということを初めてやったが、自分でも意外に思うほどいい具合に跳ぶことができ、とても嬉しい気持ちになった。三年生の先輩が「きみはこういう跳躍にむいているようだね」と言ってくれたのも嬉しく、久しぶりにヤル気になった。でも難しいのは踏み切り線を守り、いかにして遠くへ跳ぶか、というタイミングどりで、同じ先輩が「それは誰でも最初にぶつかる試練で、かならずうまく遠くに跳ぶためには何度も繰り返して練習しコツを摑《つか》むようにするしかないんだよ」と言ってくれた。

踏み切り線から跳んだあとに背中を大きく反らせる、厳密にいえば空中にいるあいだにその次に反対側にまげて着地する、という思いがけなく難しい体の反応を強いられるのだった。

順番をつくって何度も何度も繰り返す。

最初のうちはとにかくその連続で、どのくらい跳んでいるか、という測定などまったくやらなかった。

ぼくは小学校の頃からクラスで一番背が高かったので、そういう体格も有利に働いているようだった。

一日の練習が終わるとカッチンといつものコースを走るのもだいぶ慣れてきていた。ぼくは走りながらジョンがいなくなってしまったことを話した。ぼくの家に来ることが多いカッチンはジョンの賢いところをよく知っていたので、ぼくの話を聞いて非常に驚いていた。

「どこに行ったかわからないって、行方不明ってことなの？」

カッチンが言った。話の流れで当然そういう疑問をもつだろうな、ということがわかっていた。

ぼくは走るスピードを変えないようにしながら「そうなんだ」と答えた。

本当の理由は言わなかった。

気持ちのなかではもう死んでしまった、と覚悟しなければいけないのだろうけれど、そう言ってしまうのは嫌だった。いつの日かふいにひょっこりあらわれるような気も、まだ完全には捨てきれていなかったのだ。一番望ましい展開は、無傷のジョンが帰るべき家の方向がわからずウロウロしているときに、そのあたりに住んでいる誰かに拾われ、その家で飼われている――ということだった。それだったらやがていつかきっとジョンに再会できる。そういう成り行きであることを祈った。

母とは口をきかない、ということを決めて一カ月ほど経《た》っていた。母も意外に頑固に怒っているぼくにあまり話しかけることはなくなっていた。

人の気持ちの変化に敏感な賢三君もぼくが母と口をきかない、ということを察していて、

「そろそろ、お、おばさんと話をしたらいいんじゃない。このあいだおばさんが台所にしゃがんで泣いていたよ。ぼくはみ、見てしまったんだ。ほかの理由だったかもしれないけれど、そのとき、お、おばさんがぼくに聞いたんだ」

「なんて聞いたの？」

「あのことで、お、怒っているんでしょう。あのこ、本気なのねって」

本気も偽気もないじゃないか、とぼくは思った。偽気なんて言葉はないのだろうけれど、自分はこれからいつもなんでも本気でやるんだ。

ぼくはそう思った。いきなり何のきっかけもなく崇の病院の庭から見たハリエニシダの美しく光っている風景を思いだした。

中学生になって人生はいろいろ難しい時代を迎えてきているんだな、とも思った。

風景の色が踊っている

なんだか兄弟のような気がしていた賢い犬のジョンの消息がまったく摑《つか》めないまま月日だけが経《た》っていった。そして最初に自分で決めたようにあまりにノー天気にジョンを扱ったために行方不明にしてしまった母とはきっかり三カ月のあいだ口をきかなかった。まったく話をしなかった。

抗議のだまりこみをしているあいだにぼくの意外にしぶとい、本気の怒りを認識したらしく、母はぼくと顔を合わせると少し緊張するようなしぐさと表情を見せるようになった。季節はすすんでいき、畑や疎林の多いぼくの家のまわりは、はっきり全体の色あいを変えていた。ひとことでいえば「やわらかい季節の色」に全体がかわっていったのだ。

一年ほど前だったら、やはり同じように変わっていったのだろう周囲の風景の色などにさして気もとめなかったような気がするが、その年は違っていた。一年のあいだに季節のうつりかわりを見るぼくの目と視覚の意識が少しだけ大人にちかづいたのかもしれないな、と思ったが、そういう意識の変化の背後に、やはり「会えなくなってしまったジョン」への思慕が横たわっているのだろうな、と考え、それと同時に自分はこうしていつまで「あいつ」にとらわれているのだろう、ということも考えた。

あたりがやわらかい色合いになり、みんなの気持ちがいろいろに浮き立ってきているのに、ぼくがともすると沈みがちになる理由はもうひとつ、賢三君とつぐも叔父《おじ》が鹿児島県に越してしまった、という突然の出来事があった。小さな頃につぐも叔父は九州に里子にだされ、成人してからはいろんな仕事をしていたようだが、一番つぐも叔父が力を発揮できたのが山間部の測量仕事だった。

その仕事の片鱗《へんりん》は何度かつぐも叔父から聞いたが、とにかく重い道具をかついで山から山へ歩きまわる仕事なので相当な重労働のようだった。そのためにその仕事を長く続けられる人は少なく、つぐも叔父などはベテランの部類に入るらしかった。

「精をつけるためにまむしをつかまえてよく食ったんよ」などという話は何度きいても面白かった。

一緒に九州に行っても賢三君は父親の測量の手伝いをするわけではなく、鹿児島にかなりいるつぐも叔父の知り合いの家にやっかいになり、そこから近くの中学にかようことになったらしい。つぐも叔父が親子で九州に行ってしまう訳については、つぐも叔父本人からも、つぐも叔父とこのごろよく真剣な話をしているぼくの長兄からもくわしいことは何も聞けなかった。そして親子が引っ越しに持っていく荷物は思いがけないほど少なかったので、短期間のことであるのかも知れなかった。

つぐも叔父が「むこうに着いてからもこいつと一緒に移動することが多くなるかもしれないので」と賢三君のあたまを軽く叩《たた》きながら言っているのを耳にしていたのできっとそういうことなのだろう、と思った。

つぐも叔父の仕事仲間という人がオート三輪で迎えにきた。荷台に置いたその引っ越しの荷物に挟まれてつぐも叔父と賢三君は少しフクザツな笑顔をみせてぼくの家から去っていった。

ネコのハチがどういうつもりかそのオート三輪の後ろをピョンピョン飛び跳ねながらほんのすこしあとを追っていった。

その突然の引っ越しを送りだすかのように母の舞踊教室の太鼓や三味線の音が鳴っていたが、それを聞くと無責任でむなしく陽気なおばさんたちにまた腹がたってくるのだった。

毎月第三土曜日は入院している次兄の崇《たかし》の終日面会日なのでいくらか用心していると、やはり母からそのことの用を告げられた。その日は弟の裕《ひろし》も連れていこうかしら、と母は言った。長兄もつぐも叔父も賢三君も家にいないのだから裕だけひとりぼっちになってしまうから、それは当然の話だった。

裕が病院見舞いにいったのはずいぶん前のことで、まだ崇が入院して間もない頃だったような気がする。単線の私鉄電車に乗りかえていくのが裕には嬉《うれ》しくてたまらないらしく、幼児のように窓にむかって座席にかしこまり、走りすぎていく車窓風景のとりこになっていた。

「あっ、牛がいた！」

裕が叫んだ。途中に牧場などないと思っていたので裕が指さすほうを見ると、まだところどころで使っているトラクターがわりの土だらけの牛だった。ターミナル駅から十五分も走っていないのにずいぶんいっぺんに田舎になってしまうのが意外だった。

そういえば今まで何度か来ている路線だったけれど、いつも普通に座って車内の風景やそのむこうに走り去っていく窓の先の空などながめてしんとしていることが多く、あまり車窓の風景など気にしておらず、いつのときも兄の顔をみるまでが不安だった。

病院のまわりの風景もやわらかい色に満ちていた。とりわけ遠くの山々の重層がところどころで空と溶けているようで、風がまるでないのも、全体がおだやかな絵のようにみえる役目をはたしているように思った。

けれどその日は、風の吹き抜ける音のかわりに、軽やかな太鼓や笛の音がぼんやり聞こえていた。

病院の中庭に入っていくとその音の正体がわかった。その日は七、八人の学生ふうの男女が褪《あ》せた派手色の縦縞《たてじま》のユニフォームを着て、みんなでなにか陽気な音楽をやっていた。そのまわりに小学生が座るくらいの小さな椅子が半円状に並べられ、三十人ぐらいの人がその音楽隊に体を揺らしていた。

みんなナマの音楽が嬉しいようで、メロディにあわせて体をゆすったり、片手を指揮者のタクトのようなそぶりで振り回して楽しんでいる人もいた。こういう光景ははじめて見るもので、ぼくはいそいで崇の背中を探した。崇は家にいたときよりも倍ぐらいに大きくなっていたからそれはすぐにわかった。

裕はその光景がたちまち気にいってしまったようで、どんどん前のほうに出ていってあちこち見回していた。

やっている音楽は以前何度か聞いたことがあるものだったが、歌詞や題名まではわからなかった。

演奏が終わるといつもこの病院の受け付けにいるよく顔を知っているお姉さんが拍手をし

ながらステージにあがってきて沢山のお礼を言った。

「こころ浮き立つような音楽ありがとうございました」

カン高い声で何度かそう言っていた。

演奏団はみんなはにかみながら、自分の楽器を撫《な》でるようにしたり、ポケットから出したハンカチで首すじなどを拭ったりしていた。残念なことにぼくたちが行ったときでその野外演奏会はおわりのようだった。


観客は入院している人とその家族のようで、終わったあとはいつもの野外サロンといっている丸椅子丸テーブルのところに行ってたいてい家族ごとに座る。

少なくとも一時間ぐらいは太陽の下にいたのだろう。崇はたくさんの汗をかいていた。裕を見て、

「おまえ一人前に大きくなったなあ」

と以前よりも太い、親父《おやじ》さんのような声で言った。

母はぼくが持ってきたおおきな把手《とって》つきのフクロの中から用意してきたいろんなものを丸テーブルの上に並べた。

裕がすぐに「ひと口カステラ」を見つけてそれにとりつき、崇も自分の好きそうなものを

探していた。なんの鳥か三十羽ぐらいの群れが高いところを飛んでいき、大きく回ってまた戻ってくるのが見えた。

「音楽たのしかった？」

崇が裕にむかって言った。

「タイコがいい、と思ったです」

裕は思いがけなく丁寧な言葉づかいでそう言った。崇に会うのは久しぶりだし、崇は顔も体もだいぶ変わってきていたので、裕には、崇がいままで自分の家にいた兄の一人だ、ということがよくわかっていないようだった。もっとも今度のようなことがおきる前など崇はあまり家に帰っていなかったのだけれど。

それを説明するのもたいへんだし、裕にはまだ理解させなくてもいいような気がした。今度ははっきり羽ばたき音がしてまたさっきの鳥の一群が病院の屋根すれすれに飛んでいった。崇の汗は首筋まで細いスジを作って流れてきていた。

「たのしかったわね。さっきの音楽。あのようなことをときどきやってくれるの？」

持ってきた果物の皮をむきながら母は言った。ぼくが思うよりも母はけっこう行き届いていて、家から濡《ぬ》らした小さなハンカチをビニール袋にいれたのを二、三枚持ってきていて、それでみんなが手を拭いた。

「音楽はときどきだけれど。手品のほうが多いかなあ。何もない風呂敷から花が出てきたりするんだよ。ぜったい魔法つかいたちなんだよ」

「フーン」

裕が小さなカステラをどんどん食べていて、最後のひとかけらを呑《の》み込んだところらしくゴックンと呑み込むのとうなずくのと一緒にやった。

「食堂のサメちゃんはサメジマっていう名前なんだ。その人はあわて者で、よく皿をタオルのなかで割るんだよ。でも割れる音がしなくて、かわりに日の丸の国旗が出てくるんだよ。だからその人も魔法つかいで、そのサメちゃんの友達が何人かやってくるんだ。不思議だよお。どうして皿が日の丸の旗になっちゃうのかずっとわからない」

崇は嬉しそうに話をしていた。このあたりの手品クラブの人たちがやってきてみんなを楽しませてくれているのだろう。

ここでは陶器でもガラスでも割れる素材のものは使わせていないようだった。だからみんなを驚かせているのは紙で作られた皿で、それを二つ折かもっと小さくして、かわりに日の丸を出しているような気がする。

裕がきたからなのか崇はいつもより雄弁だった。たくさんいろんなことを喋《しゃべ》る崇が目の前にいるのは安心だった。もう少し、もう少しで崇はなんとかなるような気がした。

「そういう楽しみがいろいろあってよかったわねえ」

母なりの安堵《あんど》からか、そんなことを言ったときだった。

「うん。この病院はとてもいいところなんだ。一日過ごすと百二十円積み立ててしてくれるんだよ。毎日、毎日百二十円だよ」

饒舌《じょうぜつ》になった崇は、いきなりそんなことを言った。

この人はいったい何を言っているんだろう。ぼくは瞬間的に緊張しつつ、崇の顔をよく見据えた。崇の視線はそのテーブルを囲む母や裕やぼくの顔の誰も見ていないようだった。かといってその先のどこか遠くを見ているわけでもないようだった。兄の耳の横をつたわって汗だけがまだ細い筋をつくって流れ落ちていた。

あとがき

家族の話を書いていくのは難しい。家族は私小説の原点だから、それなりのルールがある。

まず、本当の話を書いていく。できるだけ誇張も矮小化《わいしょうか》もせずに、記憶や記録や身内の誰かの話を聞きながら書いていく。でも話の内容によって家族の嫌がること、深いプライバシーに触れること、などはルールとして断りなく書かないほうがいい。

ぼくがはじめて、それが私小説とは意識せずに書いたのは『岳《がく》物語』だった。まだモノカキになったばかりの頃にいろんなものをワサワサ雑誌に書いていて、いいかげんその題材、素材に困ったとき、目の前にドロンコ遊びから帰ってきたばかりの就学前のぼくの息子「岳くん」がいて「おとうハラへったあ」などと泥だらけの顔をして言っていた。

「あっ、こいつやることなすこと実になんでもドロンコまみれで面白いんだよなあ」

ということに気がつき、彼とその友だちの日常を三十枚ばかりの短編に書いた。ぼくが三十代後半の頃だった。

すると編集者がそれを読んで面白がり「次号もこの続きを」などと言うのだ。そうして気がついたら一年間の連載になっていて、じき単行本になっていた。ぼくの二十四冊目の本だった。後年わかるのだがその単行本のひとつのエピソードなどが国語の教科書にたびたび載っていたりした。

その連載は数年おきのシリーズになって何年も続いた。岳くんにはお姉さんがいるのだが登場人物は少ないほうがいいので最初の頃にそのお姉さんのことには触れなかった。本人がぼくの仕事のことを理解していて「自分のことは書かないでね。書いたら遊んであげないからね」などと言うのでそれは大変だから書かないでいた、という事情もあった。

けれど連載が長引いてくると、途中でいきなり登場させるわけにもいかず、とうとうそのシリーズはお姉さんなしの家族構成になってしまった。本当におきた事実を題材にしていても「真実」ではない私小説というものもあるのだ。

でも連載の話が煮詰まってくると、ここでお姉さんを登場させるとどんなに面白いだろうか。書いている話も楽だろうになあ、と思いながらシリーズは岳くんが小学校を卒業するところまでそのまま進んでいき、中学に入る前で終わりにした。

私小説の流れから言ったら中学以降に面白い出来事が集中している。でもあるとき岳くんは自分の名前が出ているぼくの書いた本を読んでものすごく怒り、彼のことを書くのは固く禁じられてしまったのだった。

岳くんのお姉さんは日本の大学を卒業してからニューヨークにわたり、その関係で岳くんに「アメリカの大学に挑戦しな」とすすめていたのだった。

その頃、ぼくはひっきりなしにいろんな国へでかけていたのでそんなやりとりには介入していない。ただ世界にでたら自分の身は自分一人で守らなければならないから「ボクシングでも一～二年やってみるといいよ」とビール飲みつつ彼に言った記憶がある。

岳くんは町のジムに通いプロボクシングのライセンスをとってしまった。そして後楽園ホールでデビュー戦となったのだ。その頃の話など実に小説向きで魅力的な素材なのだが、もう彼のことも書かない、という約束がある。そうして彼はやがて単身サンフランシスコに渡りアメリカの大学に入った。そして結局彼は写真関係の仕事をして十七年間もサンフランシスコにいたのだった。

娘のほうはニューヨークに行きっぱなしでやがてアメリカの市民権を得て、いまは弁護士をやっているから日本には帰ってこないだろう。

この二人がアメリカにいるあいだ、一週間ぐらいの休みがとれるとぼくは妻とニューヨークからサンフランシスコへ行くのが楽しみだった。ニューヨークの幅の狭い野外レストランで皆で五〜六年ぶりに乾杯したとき細長い夜の空がみえた。ギリシャ料理だったのを覚えている。

「ニューヨークの夜空は細長いんだな」乾杯のあとぼくはそう言ったのだが、誰もなんのことかわからないようだった。

人生のなかで今夜はかなりいい夜なんだろうな、とぼくは静かに思った。あれこそ私小説の個人的なクライマックスだったような気がする。

そうして幾星霜《いくせいそう》。

あるとき、高速道路で交通事故にあい、ぼくははじめて救急病院にかつぎこまれた。その年はそのあといくつもの思いがけない災いに見舞われ、まわりの人にしかるべき神社で御祓《おはら》いをうけたらいい、と熱心に勧められたのだった。

どうせなら自分の生まれた土地で人生はじめてお宮まいりにいった世田谷区三《さん》軒茶屋《げんぢゃや》の神社にいってみようと思った。

戸籍抄本をとって生家の正確な住所をしらべた。三軒茶屋の警察署の正面にある大きな土地でぼくは生まれたのを知った。記憶は敷地にある背の高い何本もの松の木に残っていた。

そこで御祓いをうけ、自分の子供の頃はどんなだったのだろう、ということがいきなり気になってしまった。

子供心にも謎の多い家でそだったからだ。とくに『岳物語』の主人公が、六年生になったあたりで書くのをやめたのがずっと気になっていて、自分はその年齢の頃に、いったい何をして何を考えていたのだろうか、ということがえらく気になった。

モノゴコロついた頃に育った千葉ののどかな海辺の町。その地の記憶はたくさんある。兄弟が何人もいて、常に十人ぐらいで食事をしていた。あまり話をした記憶のないサムライみたいな父。たくさんの兄弟にはどうやら二人の母がいたこと。ぼくが成長期に没落していったわが家。自殺をはかったすぐ上の兄。傷痍《しょうい》軍人だった長兄。ぼくが何よりも愛していた犬のジョン。

自分がいた「私小説」の世界はどうもいろんなところが暗くくすぶっている。そして、この自分を見つめた私小説をさらに書きすすめていくと心情的にどんどん暗くなっていくことがわかってきた。

『岳物語』とだいたい同じで、この私小説も、書いている当人が中学生になったあたりで終わりにすることにした。そこまでのあいだはけっこう無邪気に真実の話を書いてこられたが、それからあとはちょっと難しくなっていくな、ということがわかってきたからだ。


ジョンの事件のあとに母のことをだいぶ批判して書いてしまったが、最後のあとがきで、書いておきたいことがある。

母は八十五歳で亡くなったが、そのときぼくは生まれてはじめて「予知夢」のようなものを見たのだ。

結婚して武蔵野のまんなか、小平市《こだいら》に住んでいる頃だった。ぼくは木造三階建ての三階（屋根裏のようなところ）に寝ていた。

真夜中に、いきなり強烈な夢を見て目をさました。腕に母を抱いていた。もう呼吸もしていないようだった。母の顎を右手でおさえるとぐずぐずに壊れていく。骨がないような感触だった。

「あれ、どうしたんだ。このままでは死んでしまうじゃないか」

ぼくは叫び、きっぱり目をさました。午前三時だった。

あまりのリアルさに二階で寝ている妻のところにいき「今、おふくろが死んでしまったよ」と告げた。妻はとびおきてきたが、夢で見たんだ、でも確かな感触だった。まもなくそれを伝える電話がかかってくるぞ。

それ以上のことは話せなかった。こちらから母の暮らしている（長兄の）家に電話して「お母さん死んではいないか？」などと聞くわけにもいかない。不安をかかえながらそんな死の連絡を待っているうちに寝入ってしまった。成人して母のあんなにリアルな夢を見たのははじめてのことだった。

普段どおりの朝がきて、ぼくは妻と昨夜の話をしながら、じき電話があるかもしれない、などとボソボソ話をしていた。電話は九時頃にかかってきた。

母が倒れて、かかりつけの医者に行った、という内容だった。

ぼくは近所に住んでいる弟（裕《ひろし》）に電話して、すぐに母のところに行こう、と言った。ぼくとちがって弟は母想いで、しょっちゅう行っているし電話もしている。

ぼくが「すぐかけつけよう」と言っても、前の日に元気に絵を描いているという話を弟は聞いたばかりだから、急死するなんて、とまるで半信半疑なのだった。でもぼくはその日の朝のあの感触はただごとではない、と思っていたので、とにかくクルマを運転しながら弟と二人で兄の家に急いだ。

訃報は午前十時頃にぼくの自動車電話にかかってきた。当時は自動車電話の時代だったのだ。ぼくは七時間前に「予知夢」を見たのだな、と運転しながらズドンとした気持ちになって弟に言った。

母の葬儀はつつましいものだった。納骨のときに長兄が墓石のそばで参会者のみなさんに挨拶した。そこには父の骨が入っている。

「これで母もやっと父と一緒になれた、と喜んでいることでしょう」

兄は優しい声でそう言っていた。

そのときぼくは初めて母は父の戸籍に入れてもらっていない、ということを知ったのだった。いろいろなことが溶解していくように理解できた。むかしの人はそういう家系などに信じられないいくらいこだわっていたのだ。

次兄の崇は二年で退院し、社会人となり、結婚して長男を得た。けれど十二年ほど前に他界した。入院のときの頭の電気ショックなどの負荷が影響しているのではないかと思っているが確かめようがない。また確かめてもどうしようもないことだった。

長兄はその三年あとに静かに亡くなった。

二年ほど前に丸の内で講演をしたとき、崇の奥さんが息子と一緒に会場にやってきた。ほんのつい最近のことだ。兄嫁はまだ若く、長男は崇の若い頃のおもかげのあるいい青年になっていた。

二〇二〇年五月

緊急事態宣言下の東京の自宅にて　　椎名誠

初出一覧

「ニワトリの三つのタマゴ」　「すばる」二〇一七年九月号
「鉄塔登り」　「すばる」二〇一七年一一月号
「母の大作戦」　「すばる」二〇一八年一月号
「賢三君のヒコーキ」　「すばる」二〇一八年三月号
「怒りの茶碗蒸し」　「すばる」二〇一八年五月号
（連載時「悲しみの茶碗蒸し」を改題）
「ニワトリ鍋の夜」　「すばる」二〇一八年七月号
「いくつかの事件」　「すばる」二〇一八年九月号
「屋根の上探検隊」　「すばる」二〇一八年一一月号
「自転車ヒコーキ大作戦」　「すばる」二〇一九年一月号
「怪談　カリコツ」　「すばる」二〇一九年三月号
「ボールド山の事件」　「すばる」二〇一九年五月号
「さようなら、ジョン」　「すばる」二〇一九年七月号
「風景の色が踊っている」　書き下ろし

装丁　菊地信義
装画　沢野ひとし

椎名誠（しいな・まこと）
一九四四年東京生まれ、作家。「本の雑誌」初代編集長。流通業界誌編集長を経て、七九年『さらば国分寺書店のオババ』でデビュー。八九年『犬の系譜』で吉川英治文学新人賞、九〇年『アド・バード』で日本SF大賞を受賞。「怪しい探検隊」シリーズ、『岳物語』『大きな約束』『三匹のかいじゅう』など著書多数。
「椎名誠　旅する文学館」HP
http://www.shiina-tabi-bungakukan.com

続《ぞく》 家族《かぞく》のあしあと

二〇二〇年一〇月一〇日 第一刷発行

著 者 椎名《しいな》 誠《まこと》

発行者 徳永 真

発行所 株式会社集英社

東京都千代田区一ツ橋二-五-一〇 〒一〇一-八〇五〇

電話 〇三(三二三〇)六一〇〇[編集部]

〇三(三二三〇)六〇八〇[読者係]

〇三(三二三〇)六三九三[販売部]書店専用

印刷所 大日本印刷株式会社

製本所 株式会社ブックアート

定価はカバーに表示してあります。

造本には十分注意しておりますが、乱丁・落丁(本のページ順序の間違いや抜け落ち)の場合はお取り替え致します。購入された書店名を明記して小社読者係宛にお送り下さい。送料は小社負担でお取り替え致します。但し、古書店で購入したものについてはお取り替え出来ません。本書の一部あるいは全部を無断で複写・複製することは、法律で認められた場合を除き、著作権の侵害となります。また、業者など、読者本人以外による本書のデジタル化は、いかなる場合でも一切認められませんのでご注意下さい。

©2020 M. Shiina, Printed in Japan

ISBN978-4-08-771726-6 C0093

集英社＊椎名誠の本

岳物語

山のぼりの好きな両親が山岳の岳から名づけた、シーナ家の長男・岳少年。坊主頭でプロレス技もスルドクきまり、ケンカはめっぽう強い。これはショーネンがまだチチを見捨てていない頃の、美しい親子の物語。

新書判／文庫判

続 岳物語

シーナ家の長男はオトコの自立の季節を迎えている。時にローバイしつつ、息子の成長にひとりうなずく父親シーナ。子と父の優しい時代が終わりを告げ、キビシクも温かい男同士の友情物語が新たに始まる……。

新書判／文庫判